谨以此书献给热爱生活的你

和好玩的事物打成一片

祁筱慈 — 著

九州出版社
JIUZHOUPRESS

图书在版编目（CIP）数据

和好玩的事物打成一片 / 祁筱慈著. —北京：九州出版社，2020.1

ISBN 978-7-5108-8751-2

Ⅰ.①和… Ⅱ.①祁… Ⅲ.①散文集—中国—当代 Ⅳ.①I267

中国版本图书馆CIP数据核字（2020）第004882号

和好玩的事物打成一片

作　　者	祁筱慈　著
出版发行	九州出版社
地　　址	北京市西城区阜外大街甲35号（100037）
发行电话	（010）68992190/3/5/6
网　　址	www.jiuzhoupress.com
电子信箱	jiuzhou@jiuzhoupress.com
印　　刷	天宇万达印刷有限公司
开　　本	880毫米×1230毫米　32开
印　　张	9.5
字　　数	152千字
版　　次	2020年6月第1版
印　　次	2020年6月第1次印刷
书　　号	ISBN 978-7-5108-8751-2
定　　价	59.00元

我童年生活在华北平原北部的一个有天然温泉的村庄，它虽不是最美的，但在我心里永远是扎根最深的地方。数年后，从我拿起笔杆子那天起，就告诉自己，言不由衷的文字不要写，要像村子里冒出来的仙气朵朵的温泉水一样，带着暖人心的温度，像对传统文化的深切热爱一样，用自己细腻的内心和对文学自由真诚的态度，写出生活的深意和对世间的深情。

你看的这本书，书中汇集了我从小到大捕捉到的难忘瞬间和对生活前瞻的来日方长。这本书可深读、可浅读，能让我们将心态变得更和缓，周而复始，从容放松地过好当下。如我喜欢读老子一样，一种"逍遥"的精神状态，总能在现实和生活之间找到平衡点。那平衡应是对自然、人、物等态度的包容，领悟活在岁月的民间里，那些鲜活的生灵们存在的意义，也是对生命最好的诠释吧！

这让我不由怀念起那些走过的荏苒光阴，眷恋甜美的儿时依稀如旧。记得，童年时一个黄昏的傍晚，我从村边鸣虫声声的菜园子摘了西红柿回家，土路边的月季、大丽花盛开，远处传来犬吠，我伴着村巷两旁的幽幽花香，走过一户户袅袅炊烟的农家，闻听从低矮的墙头那端传来道着家常话的主妇的声音，切菜、熬粥、锅碗瓢盆触碰的声音……亲切地接触着村庄里朴实美好的自然环境。至今种种意象仍烙印依附于我的心中，它们好像主宰着一个村落的生气永不息，在荡起一波波流连眷恋的感觉时，总让我在今后的生活中一直保持着简朴的思想，为许多修心的嗜好建立起一种立身处世的超然观。

书中记录了儿时我与京剧、书画的缘分，长大后去村里淘老物件的难忘经历，以及去山里收民国时期戏箱子时的心跳回忆，陪爷爷追忆六十多年前看马连良、梅兰芳、程砚秋等京剧大师演出时的情景；还写了马连良的琴师李慕良之了李祖铭老师的故事，对走出家乡的画家刘凌沧老先生画作的欣赏与感悟，及乡村那些好吃的、好玩的和父亲做裁缝时的种种有趣之事……

字里行间充满了对人文的敬畏，美好的童趣、诙谐，又不失哲理的深度。

在这个瞬息万变的时代，人们都说有谁还在看纸质读物，网上应有尽有，想找点什么很快就能翻出来。这话听起来在理，可网络再发达，能带给我们一本书握在手中让人慢下来、静下来的心境吗？

无论你在何时何处遇到这本书，那都是我们之间的缘分。期待你和喜欢的人一起分享它，因为这里有太多的真情流露和时空最深处的记忆。你会看到字里行间缭绕着一种纯真干净且不失文化内涵的精神根络的延伸。在感受文字间真性情的同时，仿佛会更深入地体会到，我们经历生活中的那些酸甜苦辣无不在淡淡的烟火中慢慢升腾、包浆。就像我们可以穿最朴素的衣装，吃最简单的饭菜，但内心始终存留气节，帮我们抵御人情冷暖。

让我们一起念着好听的家乡话，回到曾经那些难忘的岁月，重遇那些人、那些事。

如果我的文字可以给你带来些领悟中的一个含笑点头，或是于百忙之中让你发了会儿呆，暂且获得解脱、抚平了内心的浮躁，那便会令我感到万分欣慰。我们何不停一停急切的内心，抱起一本书让身心都踏实下来？对文字的共鸣会让我们不知不觉拿起笔，画出自己喜欢的语句，勾勒出自己的心怀，真切地和书中文字隔空交流，并达成内心的一份知足平和（书页中有一些留白，主要是想给看到这本书的你，随意记录下你心底想说的话）。

朋友，别忘记人生还是有许多好玩有趣的事物，等我们去发现来滋养我们的生活。不妨，炉前沉醉，茶一杯，酒一壶，做一些自己喜欢的事，把生活的好态度修成人生的真境界，相信瑞景会兆得来年足。

如果，你能抱着这本书渐渐进入梦乡，那将是让我感到最幸福的事情。愿《和好玩的事物打成一片》暖到你的心窝里，也热到你的心尖上。

郝筱慈

庚子年初写于慈枫小筑

目录

壹

目录

叁

目
录

伍

陆

壹

腊八时节

　　小时候，一进冬月就盼着腊八，盼着过年。尤其女孩子，打心眼儿里盼着能尽快穿上父母自集市上置办的喜气洋洋的新衣裳，戴上成串儿的热烈扎眼的头花儿——这是多美的事儿啊！而最让我们开心的，是每年腊八可以喝上香甜可口的腊八粥。隆冬腊月，这是一碗热腾腾的令人陶醉的幸福！

　　腊八前半个月，奶奶就已经赶大集张罗着腊八的食材，把一样又一样种类不同的米啊、豆啊往家里倒腾。腊八的头天晚上，妈妈早早把五谷豆泡上，灶膛前的柴火备好，一口大铁锅里舀上半筲水。翌日清晨五点多，妈妈便起身，引柴烧火，待锅盖上升腾起雾霭般的热气，便揭开锅盖，用铁勺搅拌着锅内我盼了一年的腊八粥。闻着满屋香气，我的心里乐开了花儿，不由凑到灶膛前帮妈妈添起柴火。那时，我七岁。腊八这天，爷爷要招呼孙男弟女们剥蒜，再把成瓣的蒜装进腌蒜的瓶子里，倒入陈醋，封盖。爷爷的腊八蒜可是腊八节的标配，这已然成了我们迎接腊八节的重要仪式。

腊八粥里的栗子，又软糯又好吃。小时候每年熬腊八粥，我都要挑上半碗栗子，让妈妈给我剥开。后来爱屋及乌，我也爱上了其他粥，几乎每天都要煲粥，配上好看的锅子，既养眼又养胃，那种惬意满足一如陆游诗中所吟："只将食粥致神仙。"时至今日，我对腊八和腊八粥更多了一层深深的眷恋和一抹对悠悠岁月的回味。

今年腊八前夜，我到厨房把所有豆、米都翻腾出来，数了数竟有十多样呢！看着这些被土地孕育出来的饱满圆润的精灵，突然体味到一片五谷之于人间的深情，一种久违的温暖扑面而来，驱散了另一种别样的贫乏与孤寒。我像母亲过往那样泡上各类杂粮，次日一早取米煮粥，以小火慢煲三小时，弥散着谷香的腊八粥便熬好了。这次，我在粥里还加了一味桂花，想必会收获另一种不同的味蕾体验——从心而行，重新开始。生活的内涵、光阴的寓意，也许就在这一粥一饭中吧！

数九寒天，万物枯寂默然。想起前几天，行走于旷野林间，只见万千柔条被浓霜裹挟，幻化出皎洁无垠的树挂，美得空前绝后。天地万物聚合有序，无言而立，令人内心生发出莫名的怆然凛冽感。身临其境，竟让人不知不觉走出很远很远。而大雪封门时，喝上一碗热气腾腾的腊八粥，可以让人忘却所有忧伤。

　　数九寒天里的一锅腊八粥黏糯香甜，这气息似乎延续了千百年，温暖着岁月，芬芳着光阴。好节日也是好传承，过了腊八，年的脚步越来越近了……

韭 菜

经冬过雪，最耐人儿的菜蔬就是韭菜啦！

春节前夕，为了筹备三十儿晚上包饺子的韭菜，我特意去了趟蔬菜大棚，搬回两盆长得绿油油的韭菜。一想到除夕夜割下新鲜的韭菜，沉浸于温馨喜庆中，包着大年初一的饺子，心里满是对过年的欣喜与期盼。

记得小时候有一年春天，北京的亲戚来村里踏青，小表哥看着我姑，指着地里一畦畦麦苗用一口京腔兴奋地嚷道："妈妈快看！快看啊！怎么这么多韭菜啊！"我在旁边禁不住笑出声来。时隔多年，小表哥长大了，他肯定早

已知道韭菜和麦苗的区别，我们也都在自己的人生轨迹中向前行走着，经历着喜怒哀乐、世态炎凉。想想如今严寒冬日里，大家都能在家里吃到大棚里新鲜的韭菜，不禁感念岁月果真弹指一挥间。

　　我把两盆新鲜韭菜放在阳台上。闲情午后，我窝在阳台的沙发上，韭菜们晒着太阳，我看书。一阵阵刺鼻的清辣香气牵住嗅觉中最为细致入微的部分，令我思绪渐渐纷乱。我禁不住诱惑，想到了香酥可口的韭菜盒子，旋即起身，拿起水果刀"刷刷刷"割了小半盆韭菜，跑去厨房，和面、切馅儿，又打上两个鸡蛋。不一会儿，几个皮薄大馅的韭菜盒子就出锅了。韭菜的香气配着鲜绿的菜色让人兴奋不已，我急不可耐地抓起一个，一边吹着热气，一边大快朵颐起来。真是解馋到家了！

年三十儿一过，被割后的韭菜茬儿长得很快。我给它们浇了水，只过了几个晚上，就长出一截儿，不几天，又吐出了新叶片，一条条细长的叶子怎么看都像纤秀的兰花叶。屋里温度适宜，在阳光的照射下，眼看两盆韭菜舒展叶片往上蹿。我知道它们喜欢温暖的阳光，和我们离不开人间温情一样。

转过年来，光阴疾驰，韭菜生长的速度也快到可以和时间赛跑。一眨眼，就到了惊蛰。我把屋里两盆韭菜剪掉根系，全部栽到小院里，让它们也见识见识雨露之美。立夏的那一周，我看到小院菜园里的韭菜跃跃欲试，渐渐茂盛起来。经历了春夏风雨阳光的吹拂、清洗、照耀，带着坚韧从泥土里冒出来的韭菜长势喜人，比冬天盆栽的韭菜外形更粗壮，根部呈紫色，叶色葱郁，味道也更香浓，闻着直入肺腑，一看就是头茬儿韭菜。在百姓眼中，头茬儿韭菜是最好吃的。正可谓"美味总在风雨后"，经历风吹日晒的磨炼，滋味中有了令人赞叹的回味——韭菜迎来了自己的盛世。

盛夏的傍晚，割一捆新鲜韭菜送与邻里，他们会欣然接受。虽正值夏季，却不知为何竟也有一种"夜雨剪春韭，新吹间黄粱"的清爽意境。天然长成的韭菜是让我们倍感珍惜的食材，是获得健康的源泉。好几次，我和邻居隔着铁栅栏拉着家常一起择韭菜，拉起家常，心中不知不觉生出一种"开轩面场圃，把酒话桑麻"的绵长悠远的意味。

　　入秋，小菜园里的韭菜窜出韭菜亭。我将它们一根根抽出，不一会儿就是一把，洗净，放一棵小辣椒和少许肉片同炒，虽是至简的时令小炒，却足以让人垂涎三尺。

　　很快，韭菜亭就会长出花骨朵儿，然后开出一团小白花，俗称"韭菜花"。每次沉浸在扑鼻而来的韭菜花香中，我的眼前都会浮现出五代杨凝式的《韭花帖》。这流传千年的名帖，记述了他昼寝之后感觉饥饿无比，此时恰得友人赠送的韭花珍馐，畅然而食，一种穿越千年的惬意感呼之欲出。此帖通篇秀雅恬淡，"二王"精髓毕现，魏晋风神十足，可谓是"心手双畅，翰逸神飞"的佳作。只要是具有一定艺术鉴赏力的看客，无不能够感受到《韭花帖》中的墨华鲜润、云光徘徊，感受到千年前的杨凝式在无垠的宇宙空间和后世欣赏者的生命之光相互照亮。那墨

线意蕴十足，似从有限通往无垠，带给人无尽的味外之致。于我而言，更能从中体味到一种韭花所特有的清新细密幽微。

四季流转，不经意间裹挟了韭菜韭花的香。就这样，光阴与香气缠绵悱恻，一天天在内心衍生出一行行文字。

穿行于小菜园，我摘取了一大盆新鲜的韭花，用盐腌制了一晚，分放在几个玻璃瓶中，做成韭花酱，藏于冰箱。经秋入冬，从一场场淅淅沥沥的秋雨，到一次次纷纷扬扬的冬雪，很少出门的我此时换上了厚厚的线衫。每当家里的火锅腾起热气，总少不了韭花酱和羊肉的亮相，真有一种"此味只应天上有"的满足和快意。此种绝配，美味至极！

望日莲

　　向日葵是我从小喜欢的植物。少年时，我只沉醉于它的美丽，并不知它的花是可以插在花瓶中供人观赏的。直到十五六岁，我看到美术书中凡·高笔下那畅神达意的《向日葵》，似懂非懂间才体会到大自然给予此花的神力。时间的淬炼中，我猛然见识到那一片金黄对生命热情的追求。

　　在我家乡，向日葵是农人们的希望，因而家乡人更愿意叫它"望日莲"。这一声深情的"望日莲"中饱含着期待，是农人们在冬日休农时走亲访友围着炉火闲聊时的

调味；去榨油坊榨葵花籽儿油时的满足；是大年初一去各家各户拜年时，主人端出来的热络劲儿。而我，与"望日莲"更多了一份对四季生命清晰的认知。

一方水土养一方人。俗话讲"十里不同乡，百里不同俗"，乡亲们亲切地称向日葵为"望日莲"，是对丰收的深切祈盼。依着乡音，"莲"读出来是往下压的音，很有意思，所以家乡人做事和说话一样，带着股底气。

小时候一眼望去，田地里种的向日葵郁郁葱葱地遮了半片田，足有两三米高。我昂起头，感觉它们离天空很近。小小的我，站在蓝天下，透过通体金黄的望日莲稠密的叶片，感受着这片金黄色花朵和我们的生命一样奔涌的满腔热忱。它们好像和童年的我一起穿过了辽阔的田野，奔向美好的远方。

丰收之际，农人们用镰刀把花柄一刀割下来。两端隔断后，茎部的汁液浸出来，很黏手。村里老人说这汁液可祛浮肿。爸妈把花盘倒扣着放在地面上，用木棍敲打着盘身，不一会儿就看到葵花籽一颗颗落下来，撒满一地。邻家也种了好几亩望日莲，我看到他们将自行车倒置，把花盘放到后轮处，并转动车轮，葵花籽便会"刷刷"落地。农人的智慧无处不在。

爷爷喜欢收集葵花籽的花盘，洗净后放入铁锅中煮水喝。他告诉我，这可比吃药好得多，大地给予的馈赠最是滋养人，我们要懂得物尽其用的道理。

　　望日莲和棒子（玉米）的丰收时间差不了几日。砍回来的望日莲秆子可以在院子里做一个盛棒子的站，下面放上砖垫底和土地隔开，以便防潮防鼠患。爸妈快速将棒子的皮须分离、包好，一个个扔向棒子站，而我则光着小脚丫抱着硕大的葵花籽花盘坐在棒子堆上，不住地嗑瓜子。

不多日，青青的望日莲秆子被阳光和秋风风干，成了四四方方的包围棒子的深褐色的站。望日莲秆子稳稳地撑起了深秋应有的好收成，也撑起了老百姓辛苦一年后家家户户院里那一大站棒子的喜悦。农人们丰收的笑声像极了望日莲的灿烂芬芳。望日莲却并不邀功，为棒子们甘愿做着默默无闻的奉献。直到春节前，有的庄稼主把一採棒子卖了过年，望日莲秆子也实现了它最后的价值——填进灶膛，蒸出一锅锅馒头、一块块年糕。看着灶膛里炙热的火苗，我感觉它们并未消失，只是被埋进了生活，来年定能破土而出，重新走进农人家的日子。

　　如今，村里每年都会种上百亩油葵，那黄灿灿的望日莲是长大后才真正走进了辽阔原野，是村民在秋收时看到的希望，是家家分得一桶桶葵花籽油后无以言表的喜悦。

　　那一片温暖的金黄是家乡人对幸福的期盼。

秤杆子

　　七年前，高大伯给了我一个台秤。这秤和我年龄一样大，我特别喜欢，把它放在书房里，写累了，就用它称称读过的每一本书的重量。这秤被高大伯保护得很好，看上去就像新的一样，到我这里后，我更是对它爱不释手，每天都擦拭干净。有时买了瓜果蔬菜回来，也会过过秤，发现谁家缺斤少两以后就不再去光顾了。

　　三十多年前，高大伯在镇上卖咸菜，用的就是这台秤。他知道我喜欢老物件，便把他家的老缝纫机、锣、唱三弦的鼓、抓耗子用的一对青砖，还有称粮食的大秤杆子都送给了我。从大伯家满载而归时，村子里的人还以为我是收破烂的。

看到这台称粮食的木秤杆子，不禁想起奶奶和我讲过的她和爷爷的故事。六十年前，奶奶的花轿抬进爷爷家，爷爷挑起新娘盖头用的正是这个秤杆。这秤杆在老一辈人眼里是有讲究的，代表着称心如意和心里的一份权衡。

后来，奶奶总和我细数从前："那会儿多穷啊！你爷爷跟我结婚时穿的衣服都是旧的，但秤杆子是新的。结了婚，就得挑家过日子。我们用这杆秤称了麦子、称棒子，称起了一大家子人的光景……"说到动情处，奶奶便忍不住泪眼婆娑。我趁机打趣道："您年轻时那样漂亮，我爷爷挑起帘儿，没激动地拿不住秤杆子啊？"奶奶责骂着赶我走，脸上却笑开了花。

如今，爷爷奶奶都已过了耄耋之年。前些日子，因为一点小事，老两口儿闹着要离婚。奶奶在大妈家住了好多天，劝也劝不住。一开始，我觉得两个老小孩儿挺有趣，再想想心里竟有点酸楚。生活中的不如意十有八九，正因有了那"八九"，心中才有了更多美好的寄望，如此才显得这一生搀扶走过一程又一程实属不易，对彼此的不完美多些包容也是一种权衡吧！

高大伯送的那些"破烂儿"，我均视若珍宝。他是我好友的父亲，我们却走动得亲如一家。高大伯卖了十多年咸菜，后来因为高大妈身体抱恙需要有人照顾，才不得不改行。然而，卖咸菜是他真心喜欢做的事情，他总是自豪地和我们炫耀："想当年买我咸菜的还有县委书记呢！"那一脸眉飞色舞的神情着实可爱极了。

大伯的咸菜是从六必居和天源酱菜园进的，因而隔三岔五就要跑趟北京。酱菜厂腌咸菜很是讲究。首先，要把食材洗净，分门别类放入提前灌了盐水的洋灰抹的大水泥池子里，一池萝卜、一池黄瓜，再用大石板子把菜料压瓷实了；腌制两三天后，拿出这些菜料晒去水分，再放入大酱缸里。酱缸除了酱，还放入了秘制的调料。这就是一个月后腌好的咸菜脆嫩爽口的秘诀。

高大伯的咸菜生意特别好，因他从不干缺斤短两的事。直到现在，他一直坚持自己的人生真理：商，无信不立！是啊，在世间能立住脚的不就是人心里的这杆秤吗？

高大伯还清楚记得三十多年前咸菜的价格：萝卜皮三毛一斤、酱黄瓜八毛一斤、酱菜丝六毛一斤、小酱萝卜六毛一斤、八宝菜一块九一斤、咸菜疙瘩六毛一斤……那会儿咸菜可比鲜菜贵，买得起的人大多条件不差。高大伯每天笑脸相迎，回头客很多，有家境不好的会买一些萝卜皮下饭，他会本能地给对方多抓上一把。心里的那杆秤该往哪里倾斜，他是门清儿！

时间久了，便有了口碑，十里八村都会去镇上专买高大伯的咸菜，不仅分量给得足，味道不咸，还鲜脆生香，凡是尝过的无不赞不绝口。尤其八宝菜，虽然价格最高，却是最受欢迎的，甘露、藕、花生、黄豆、长豆角儿、黄瓜、萝卜、姜丝腌制在一起，越吃越入味，就着粥吃，让人食欲大增。更重要的是，顾客都爱跟高大伯聊天，他为人热情、见多识广，人称"白科全书"。让回头客们称奇的是，高大伯还有"一把抓"的绝活：随便拿起一个酱萝卜或抓起一把咸菜，只消掂一掂就知道几斤几两，令人啧啧称奇。

这让我想起王府井百货大楼卖糖的张秉贵老先生，就有"一抓准"的惊人本领。小时候，爸爸带我去百货大楼买糖，张老先生的儿子张朝和给我们称了两斤糖，也是一抓准。我每天吃一块，那一袋子糖甜了我整整一个月。糖的甜和他们的秤一样装满了公道。

锅包鱼

锅包鱼也叫"熏鱼"，是小时候我极爱的一种传统熏制食品。

秋收时节，农人们日落而息，扛着锄头回家的老汉会在路过小卖铺时拎上两瓶冰镇啤酒、一份锅包鱼和花生米，满足一下辛劳一天后的口腹之欲。他们坐在餐桌前，一口酒一口肉吃得有滋有味，顺带琢磨一下明天地里的活计，一顿饭的工夫也就解了一天的疲乏。

小时候爸爸带我赶集时，随处可见集上熟食摊儿上的锅包鱼。往往是一笸箩报纸裹着鱼身，细细长长的，大概有七八厘米的样子，几米开外就能闻到熏香味。熏鱼摊儿旁边是打烧饼的摊子，爸爸总是称一斤锅包鱼，再要几个刚出锅的吊炉烧饼。打烧饼的摊主麻利地把烧饼从侧旁一刀劈开，冒出烫手的热气，尔后迅速把锅包鱼夹进烧饼内。烧饼里的热气瞬间将鱼肉烫热，一口咬下去，连同鱼头一块嚼起来外脆里香，别提多好吃了。这是家乡独有的好味道。

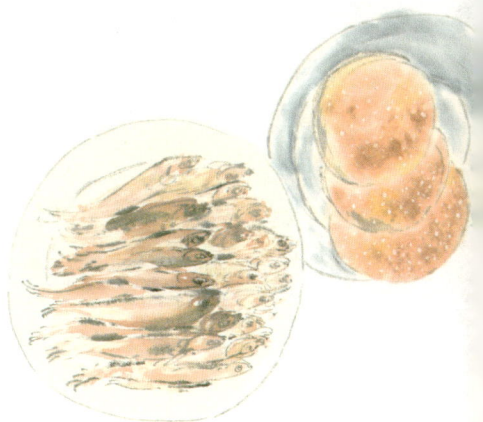

记得有一次，二爷去河里打上来一口袋大白鲢、小鲤鱼，给我们送来一盆。本想着炖一锅吃，可爸爸却觉得机会难得，何不亲手做一回锅包鱼？他砍好劈柴，把鱼一条条地去了鳞，开膛，用水洗净；然后在大锅里兑了浓盐水烧开，把收拾干净的鱼丢到锅里稍煮片刻，待鱼眼泛白即捞出、晾开；等鱼身全不沾手时，便把它们摆在铁箅子上，把杨柳木的锯末加上点白糖放入大铁锅中，不断翻炒出浓烟，再把铁箅子上的鱼放入锅中。熏制过程开始了，要翻几个回合，直到鱼身变成黄红色，再往鱼身上刷些香油，就熏好了。

浓烟随着一大铁篦子熏鱼的出锅升腾起来。爸爸用两块搌布垫着篦子端到饭桌上，一锅大米粥也熟了，再拍上一盘黄瓜，一家人你一条白鲢鱼、我一条小鲫鱼地大快朵颐起来。就着锅包鱼的香味，爸爸不免贪杯，嘻嘻哈哈地和我们讲起他小时候抓鱼吃鱼的情景来。妈妈也附和着说道："你刚出生还不到一周，大冬天就分家了，哪有钱？我跟你爸一个月舍不得买上一斤肉。为了给你增强免疫力，炖上一条白鲢，舍不得一次吃完，给你今天热一小块，明天热一小块，你爸吃鱼尾巴、啃鱼头。现在吃鱼头煲汤是讲究菜，以前日子艰难，你爸却总爱吃鱼头。冬天特冷，你动辄感冒发烧，还是娃娃的你哪里懂得良药苦口的道理？药全是硬灌下去的，刚灌下去，你就吐出来，还放开嗓门儿哇哇哭，把我们弄得筋疲力尽。我也是气不打一处来，直言要把你丢出去。说来也怪，你好像听懂了一样，不仅停了哭，连药也乖乖吃了下去。"我忍不住"咯咯"地笑，不相信妈妈说的话。爸爸则说："苦日子不提也罢。"

时光像飞过大海的羽毛一般看不到影踪。我虽未亲历旧时艰难，但书本记载的往事和前辈的忆苦，总能让我感念如今来之不易的美好生活。还好，不知不觉眨眼间我们就大了，相信生活必定会越来越好。

春　联

　　儿时年跟儿一到，写春联、贴春联就成了我家既热闹又倍受重视的大事儿。

　　爷爷爱了一辈子传统书画，春节前正是他展示才华的好时机。每年　进腊月，邻里亲朋便拿着红纸请求爷爷写春联。大家都知道年三十儿前两天忙，提前几天写出来，到时不着慌。

　　当时，我只比画桌高出半个头，扒着桌面看着那一副副吉祥喜庆的对联，入迷得很。亲朋好友无不赞叹爷爷的春联写得漂亮。我好奇地抢过他的毛笔也想写，可拿起笔便知不如想象中容易，毛头太软，写出的字像少了脊梁的山，瘫软无力，根本立不起来。

正是春联让我自小与书画结了缘。我和爷爷学书法的初始想法很简单，就是希望能像他那样，写出春联挂在家中，平添一份雅趣。爷爷则对孙女有更深的期许，给了我好多古人的名帖，嘱咐我多看多写。《勤礼碑》《猛龙碑》《曹全碑》《祭侄文稿》……这些名帖就是在那时得以一睹芳容的。我常对字帖看得出神，感叹着古时文人墨客的积淀之深、才华之精。爷爷却从不和我讲得过于高深，只是嘱咐我认真临帖。

随着年龄不断增长，我越来越喜欢这些字帖，它们令我对书法的认知既模糊又清晰、既浅显又深奥。如今再看，字帖里那些或刚劲或怀柔的笔锋和线条无不是意志的体现，让我对人生的艰难与险恶有了更深邃的体悟。它们不仅仅是文字，而是一段段人生。

临近年三十儿，我终于在爷爷的指导下，学写了"福"字，太有意思了！经过练习，我对原本拿起来软塌塌的毛笔已有了一定的掌控之力。我看着满地晾着爷爷刚写好的春联，而我手写的一个小小"福"字也赫然在列，不禁欣喜异常。我煞有介事地背着手，学着爷爷的样子欣赏品评

着对联，梦想着以后能像他老人家那样给村里人写春联。

年三十儿一大早是贴春联的时候。爸爸用白面加水搅拌，做了一锅糨糊。他把春联翻过来，一张张放在桌面上，刷上糨糊，吩咐我道："慈子，你去把够得着的地方都贴了。井旁贴'井泉大吉'、柿子树上贴'事事如意'、面缸上贴'富富有余'。"对此，我乐此不疲，一趟趟拿着春联，嘴里哈出热气，带领妹妹们像小鸟一样穿行在房前屋后，恨不得把院子里的每个角落都贴上春联。三妹边贴边嚷嚷："爸，后院的树上、茅房都没贴呢！"爸爸立刻用糨糊抹好两个大"福"字道："去贴吧！"三妹大声应着："好！"

贴春联怎会让我们如此开心？后来我才知道，因为那是一年之始人们对幸福最大的拥抱。

出院子门，贴着"太公在此"；屋里进门高处贴着"抬头见喜"；卧室贴着"花开富贵"；每个门中间都贴着"福"字。爸爸把我写的"福"字贴在了"抬头见喜"上面，我开心极了，心里比吃了糖瓜还要甜。

大门口的春联，爸妈要亲自上阵，以示庄重。爸爸站到高凳上，妈妈给他扶着凳子，孩子们则在大门口边看边指挥："高了……又低了……右边有点偏……往上提一下……行了行了！"爸爸反复确认道："行了？那就贴了啊！"于是，我们看到大门两侧贴上了喜气洋洋的春联"九州开泰瑞，万福祈春华"，横批"万事如意"。爸爸用手抚平两侧春联，刚下凳子，妈妈就递过来一对威猛的武门神——尉迟恭和秦琼。这是贴春联的压轴戏，家门两侧须贴上它们，方可镇宅保平安。时至今日，我从不忘过年贴门神，尤其喜欢金瓜将军武门神，金盔金甲，威风凛凛，不仅给足安全感，还能欣赏它们在历史传承中的善美与喜愿。

　　孩子们站在大门口欣赏着喜气洋洋的春联，感受着浓烈的喜庆年味。爸爸骄傲地说："你们爷爷的字配上门神爷就是大气！"我们问他："你怎么不写春联呢？""我哪有时间啊！这不有一窝小燕等着食吃吗？"语毕，我们这些"小燕子"便哄堂大笑。爸爸开心地招呼我们："走，进院子看看哪儿还没贴！"

　　大年初一，跟着妈妈外出拜年，我会特别留意每家大门口贴的春联。有红底金字的春联，一看就是买来的现成品；有紫色的春联，表明家里有老人去世，要守孝三年；还有的人家只在大门口贴上一个"福"字，我总觉得少些情趣；也有久不在村里居住的村民多远都会在过年前赶回，给空宅子贴上红春联。

每一年的春联都不一样，就像每一年都会遇到新的人、经历新的事，张贴进人生的城墙上。新桃换旧符中，唯有大年初一的火红春联不会褪色，人们对未来的期盼亦不会减色。

儿时的春节连空气里都洋溢着幸福的味道，时光回不到从前，却永驻心间，满院的大红春联是刻在骨子里抹不去的那一缕乡愁。

村庄在季节中飞

　　我出生在华北平原上一座静好的小村庄，村里人谁也没有想到，数十年后，它会发生天翻地覆的变化，蜕变得如此端庄、大气、优雅，给昔日的幽静质朴增添了几分清新饱满。

　　我的童年就是在这里度过的。二十多年前，这里可不同于现在这般一副法兰西的浪漫模样。那时，冬天会下大雪，夏天大雨滂沱，道路泥泞不堪，无必要之事，人们几乎闭门不出。孩子们则不同，会不约而同聚到我家后院玩耍。后院十米开外有一个大坑，约七十米长、五十米宽、十米见深。西面，一户人家侧靠大坑；北面，四户人家大门全部面向大坑；东面是道，南面是我家，背靠大坑。我家就在大坑坡上开辟了一个小院落，成了我家的后院。我们在这里种菜、种果树，养鸡、养鸭、养鹅，储藏柴火和煤块儿。在我还被妈妈抱在怀里时，爸爸在后院的土坡上种了许多杨树，为的是防止后院的土被雨水冲刷而流失到大坑里去。几年后，后院杨树长得高大粗壮挺拔了，我和小伙伴们在那里荡秋千、背诗词、捉蛐蛐、扑蜻蜓，听爸爸在那片闪着光芒的树荫下，给我们讲从前的故事。渐渐地，这里成了我儿时的童话王国，现在还经常出现在梦中。

春　光

春天，我坐在后院杨树下开满一片片紫地丁和一丛丛狗娃草的坡上，看蝴蝶在花草间飞舞。抬头望着坡上那片杨树，从长出满树的"毛毛虫"到发芽抽出泛起新绿的枝叶，小小的我发现杨树竟也分雌雄，雌杨比雄杨发芽早，可到了秋天就不同了，雌杨的叶子都落了，雄杨还在坚守最后一班岗。树干上长着一只只洞悉世事的大眼睛，透过它们的"瞳孔"，我好像看见了书本外的世界。

透过油汪汪的杨树叶，阳光变得斑驳，反倒更显诗意。树下很安静，有时能听到黄鹂动人婉转的歌声，令这片杨树林焕发出无穷韵味和勃勃生机。我在这里看书发呆，偶尔还会有蝴蝶停在书本和肩头，感官被唤醒的那一刻，我感受到了生命复苏的力量，和整个村子炊烟袅袅的田园韵律合成了神秘优美的乐章。直到妈妈喊我回家吃饭，我才依依不舍地起身回到前院。

长　夏

入夏后，雨水多起来。

盛夏时节，我家后院坡下的大坑里积满雨水，尤其大雨过后的傍晚，伴着迷人的彩虹，能见到雨水涨溢到杨树坡下。雨后的空气更加清新，家养的鸡、鸭、鹅迫不及待地跑到水坑边上觅食。有几只鸭子在水坑里游来游去，游得美了还不时扎个猛子，荡起一片涟漪。出水后，它们迅速摇几下脑袋，把脖子上的毛甩干，再猛地扇动翅膀，呼之欲飞，那种快活劲儿就别提了，引逗着水坑边上的同伴们纷纷向它们报以羡慕的欢叫。

和风潜入夜。皎洁的月光下，家禽们在岸边和树丛边合羽而卧。看着它们和闪烁的繁星一起倒影水中，小小的我不再疯跑，不知是怎样一股神秘力量让我安静下来看着这一切。

大坑里有了水，小伙伴们更开心了，呼朋引伴来我家后院玩耍。过家家是我们最爱的游戏。平子从家里拿来不常用的锅碗瓢盆和铲子；娜子挖野菜时还捡到了两个鸡蛋和一个鸭蛋；霞子从大坑边舀水放入铁锅内；我抓了许多蚂蚱放在破瓦罐里。我觉得还不够真实，就找来干树枝，跑去厨房拿来洋火，架起干柴，用平子拿来的破锅煮起野菜来。等锅热了，再把鸡蛋、鸭蛋放进锅里。我们还把蚂蚱放到火里烤——哦，真是太香了！

小伙伴们玩得不亦乐乎，煮熟的鸡蛋、鸭蛋就着烤蚂蚱，你一口我一口很快就吃光了。这样过家家日常带来的纯真快乐至今常在心头荡漾，也莫名带出一缕乡愁，好像是想唤醒什么似的。

在知了倾情合唱的午后，我跟爸爸在后院浇菜。只见树林里突然窜出一条细长的蛇，速度快得惊人，似长了无形翅膀。年少的我对事物的好奇远胜过恐惧，只感觉这条蛇犹如武林高手，身手矫健而神奇。妈妈却吓得赶紧跑进屋。爸爸执意要抓住那条会飞的蛇，想把它打死。妈妈回过神来急忙拦住道："你得手下留情！"爸爸这才住手。

雨季到了。每逢下雨，我家那间蓝灰砖土房就要漏雨。妈妈找来盆罐接雨水，有时漏大了就得赶紧换大盆，否则屋内就发水了。爸爸乐观地说："屋外大下，屋里小下。"妈妈只好祈祷雨快点停，不然这土房就真塌了。正说着，报纸糊的顶棚突然破了，一条盘着身子的蛇"啪嗒"一下掉在饭桌上。那蛇大得几乎占了半张桌子，妈妈吓得魂飞魄散,一边嗷嗷叫着一边赶紧跑进供奉神仙的西屋,双手合十祈祷。爸爸哈哈大笑,对着那大蛇说道:"你也来凑热闹啊!"边说边拿木棍把它挑了出去。过了一会儿,雨终于停了,太阳出来了,灿烂的阳光照得院里的粉月季格外鲜艳。

后来,我好几次看到那条又粗又长的蛇在我家后院蓝灰砖墙根儿的草丛中悠闲自在地趴着。它也许真的给我家带来了好运,没两年爸妈就盖起了宽敞的大瓦房。从那以后,我们就再也没看到过它。

翻盖新房时,爷爷的朋友正好来家里,是一位有着绅士风度的老先生,长得很像马未都。记得老先生在前院、后院看了一遍,和爸开玩笑地说:"你们后院这个大坑好,这片地会出有魄力、了不起的人物啊!"二十多年过去,现在想来,不禁感慨,真是应了老先生的话,如今让我们这座小村庄发生了翻天覆地变化、让老百姓倍感恩泽的那个人,早已成为我们村铁打的领军人——木乔,他家当时就是侧靠着这个大坑居住呢!

秋　漫

　　我家后院的大杨树每到深秋就纷纷
扬扬褪去金色的舞裙。生命的深度在斑
驳的叶片中透出它的本质。一群群麻雀
在杨树坡下啄食密语，妈妈用铁筢子聚
拢起一堆堆厚厚的杨树叶，又见它们结
伴呼啦啦飞走了。妈妈把那些杨树叶装
进大麻袋，堆放到后院东墙边，堆起一
人多高时，只见她踮着脚尖，给杨树叶
盖上一层厚塑料布，再用大树权和砖头
压上，这是为入冬备的充裕的柴火。直
到冬日黄昏落下最后一片树叶，家里的
土炕炕头也热了起来。

　　爸爸在杨树林挖好一个地窖，把丰
收的"心儿里美"（紫心萝卜）、大白
菜、白薯全部倒腾到地窖里，一一码好，
再用石板子和芦苇席压盖好，让它们踏
踏实实地过一个温暖舒适的冬天。

冬　深

进入大雪时节。某天，我在后院放煤的棚子里见到一堆树叶上的积雪在动。我刚要扒开看个究竟，一个圆滚滚的小东西撑破了积雪。我惊了一下，退后几步，只见它瞪着两只可爱的、圆圆的小眼睛看着我，好像比我还紧张。它迅速缩成一团，似乎是在保护自己。我才回过神来，原来是一只小刺猬。把落叶堆上的积雪清理掉，又找来一挂树枝放在上面，把煤堆上的破棉袄盖在树枝上，嘱咐小家伙："外面冷，你就在这里，不会赶你走啊！"也叮嘱妹妹不要动那里。我猜那只小刺猬应该过了一个很舒心的冬天吧！

去年，我病了好久，一直检查不出什么毛病。一天晚上，我梦到一只一人来高的大刺猬，挺着大白肚子开心地走着。我去山里寺庙的老师父那儿寻因解梦，他说这是给你送药来了。说也奇怪，打那以后，我的气色好了许多，也有精神了。

这一地窖的菜能让我们吃到正月。正月是青黄不接的时节。地窖里的菜吃得差不多的时候，爸爸下去清理，竟然翻腾出一个"心儿里美"来，我们如获至宝般地开心。中午，妈妈炒了一个萝卜肉片，虽然萝卜的口感不尽如人意，但在当时我们觉得那滋味胜过红烧肉。

冬日里虽冷，但午后的阳光很温暖。后院东墙攒的柴火一天比一天少，勤劳的爸爸总是连柴火垛周围都扫得很干净。我领着四五个比我小一两岁的小伙伴，让她们拿着小板凳坐好。我扮老师，教她们学知识，用爸爸做衣服的画粉在砖墙上一笔一画地写出稚嫩的文字：祖国、春夏秋冬。邻居的婶子们见状，无不夸我懂事聪颖。我教会了小伙伴们写"春夏秋冬"，也一起经历着人生四季。从那时起，小小的成就感就一直激励着我不断向前。

四季轮回之美贯穿了一生。又一季春来时，我在杨树丛中又看到了那只小刺猬，它长胖了不少。而我，依然想坐在那片纯真烂漫的杨树坡上，静静地再发一会儿带有理想主义的呆。

豆豉儿

　　说到豆豉儿，人们自然都会想到闻名全国的四川豆豉。可我要说的豆豉儿，是出自家乡这片土地上的一种口味浓厚犀利的豆豉儿，想来吃遍全球也不会再遇这样独有的味道了。

　　究竟是谁发明了豆豉儿已不可考，只知道从记事儿起，每到立秋后就能看到村子里家家户户做豆豉儿的情景。豆豉儿是入冬后人们餐桌上一碟再好不过的下饭菜。

　　家乡的那一口豆豉儿自小便在我的味蕾上打上了深深的烙印。长大后，我对任何一种食物的喜好，也大多是家乡这方水土孕育而成的。口味的共鸣、味觉的记忆，都沉潜着一个人对家乡的眷恋。"一饮一啄，莫非前定。"它是徘徊中的乡愁，回望中的感恩。

做豆豉儿离不开苘麻叶。小时候，姥姥带我下地掰地里的青玉米吃时，常见地头长着高高的苘麻，带着淡绿绒毛的大圆叶子摸起来好舒服。它的茎秆亭亭而立，茎枝间生出发青的果子，摘下来剥开，里面是一粒粒三角状的芝麻大小的白籽儿，吃起来甜涩、滑腻、清香。姥姥指着那一株株苘麻茎告诉我，"你姥爷的千层底布鞋和咱装棒子的大麻袋就是这个秆上剥下的麻做的。"说着，就见姥姥扯了小半口袋苘麻叶，说是给我做豆豉儿吃。

上小学后，我才知苘麻叶的茎还可做麻绳。邻居东家大伯大妈就做苘麻绳子，老两口用木质的纺绳车每天咣当咣当纺着一捆捆麻绳，那种青青涩涩的麻绳味道小时候一闻到就要跑开。如今，再也闻不到那种味道了，它伴着儿时的记忆和豆豉坛子一起被封存起来，但封不住的是那一缕缕难忘的豆豉香。

豆豉儿好吃，做起来却不简单，最关键的环节是发酵。黄豆要提前浸泡半天，下锅煮熟，捞出放在盖帘板儿上，风干表皮水分，裹上面粉，再盖上两层刚采回来的苘

麻叶子。绿茸茸的茼麻叶子遮盖着黄豆，放在阴凉通风处的土炕上发酵。有人用别的叶子替代茼麻叶，却怎样也做不出那种正宗的味道。

黄豆和茼麻叶子好像有种一见钟情的化学反应。黄豆在茼麻叶三天三夜密不透风的热情"攻击"下，渐渐被折服，第一天就生出一层白毛，第二天变为一身绿毛，第三天就是一层青毛了。这时，黄豆已同茼麻叶粘连在一起，纵是万水千山也不能再把它们分开。茼麻叶对黄豆应该是真爱无疑了，它热烈地燃烧着自己，直到黄豆被拿到暖洋洋的阳光下暴晒三天。当黄豆被晒得十分干爽后，姥姥用手搓掉豆身上的发酵物。这时，黄豆好像瞬间吞噬了茼麻叶的爱，焕发出了霜露清新之气。

我拿起小板凳坐在柿子树下，看姥姥把大坛子、小罐子清洗干净，把事先备好的花生、杏仁、花椒、姜片、凉盐水、白酒一样样悉数放入坛内。黄豆放入容器前，还要根据个人口味对黄豆做最后的定味，因为豆豉儿分清汤儿

鼓豆安固

花椒

鹽

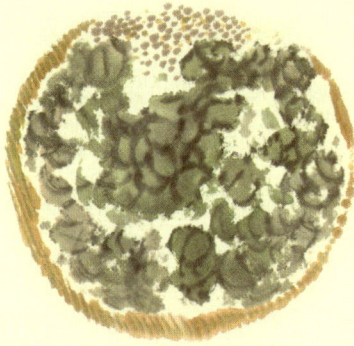

姜

黄豆

花生

杏仁

和浑汤儿。顾名思义,清汤儿豆豉儿就是入坛前要把豆身的发酵物用清水洗净,半月后做好的豆豉儿就是清汤儿;浑汤儿的豆豉儿用不着洗净表层的发酵物,把晒干的豆子直接放入坛中,半月后做好的豆豉自然就是浑汤儿的。哪种更好吃全依个人喜好,于我来说,两种豆豉儿都各有风味。做完这些,姥姥又用塑料布把坛坛罐罐的盖子密封好,都挪到窗台下,再在盖子上压一块石头或砖头,而窗台上开满花朵的绿植就陪着这些坛坛罐罐伫立在秋日暖阳中静待奇迹。

长大后,每年姥姥做豆豉儿前,我都央求她多放些花椒。我太爱吃豆豉儿里的花椒了,嚼起来咯吱咯吱作响,麻麻香香的,真是豆豉儿里的点睛之味。尤其吃着刚蒸出锅的大白馒头,喝着一碗热腾腾的棒子面儿粥,把葱白往小半碗豆豉儿汁里一蘸,一口馒头一口粥,夹着酱香浓郁的豆豉儿,一种厚拙深褐色的重口味呼之欲出,瞬间充斥于整个口腔和味觉系统,过瘾极了。这一口自儿时起就烙印于味蕾深处的味道,足以陪伴一个人一生吧!也许孤独是根深蒂固的,可是这种豆豉儿的味道却可以由浅及深、由近及远,让旧有的生活方式在家乡的实在淳朴中一点一滴地体现,绵延,令心灵不再寂寞。

岁月流逝，现代人生活中的乡土气息渐行渐远，甚至再难寻觅。唯有味蕾间储存的乡土记忆，于一碗豆豉儿、几段葱白中，释放着最浓烈的本真。

　　"食而不变其味"是人生常态，适口而珍也许是物无定味的另类魅力，食而能辨其味则更需要一份岁月的闲逸清古及传统的积淀吧！

吊炉烧饼

　　青竹生于南，丹枫长于北。米粉是南方的好吃，烧饼还要数北方的味正。

　　在我自小生活的村庄里。清晨，村民会溜达着去早点摊儿买上几个刚出炉的吊炉烧饼。干吃还不行，买烧饼的人自会嘱咐卖烧饼的婶子往烧饼里夹上各自喜欢吃的土豆丝、灌肠、茶鸡蛋、豆皮、炸鱼等配菜，以及与烧饼搭配的汤，如盐水豆腐、老豆腐、豆浆等。

　　我十来岁时，有一次爷爷说要带我去逛琉璃厂买毛笔和宣纸，我高兴地早早就起床了。那时交通没有现在方

便，早晨六点只有一辆从村正街去往北京的车。不到六点，客车就停到早点摊儿旁。记忆中打烧饼的那位婶子高高瘦瘦的，看起来干净利落，话不多，但每说一句都透着热乎劲儿。她干活爽利，她婆婆偶尔过来帮着打理早点摊儿。

早点摊儿的铺子里有吊炉，上面吊起来一口半圆形的大铁锅，表面糊一层稻草土泥，中间有洞，用来添柴火。下面是大炉子状的一个灶，里面用泥糊起来，外面是用铁皮围成的圆筒状，里面烧着蜂窝煤。在农村，婚丧嫁娶时，总能见到这样铁皮糊泥围成的大灶，灶上放一口大锅，烧着大劈柴，大锅炖菜，大锅煮汤。是的，只有这样的大灶才能做出独有的"大席香"。

爷爷领我走到早点摊儿的时候，大街上依旧人烟稀少，远远看到吊炉的火苗通红，婶子时不时往吊炉里添劈柴，还要和面，揪好一个个剂子，再沾上芝麻。沾满芝麻的面团被擀面杖擀圆，被放到吊炉和圆筒大灶间打烧饼的铁盘里。火苗从炉口不时冒出，劈柴在吊炉里噼啪地响着。

烧饼在吊炉里烘烤了一刻钟左右，两面的芝麻都变得焦黄、外酥里香，胖胖圆圆的吊炉烧饼在刚出炉的那一瞬间，便定格在我幼小的内心。

看着刚出炉的烧饼，我食欲大开。烧饼里可以加不同的菜，爷爷每种要了两个，和两碗老豆腐。我吃了一个土豆丝烧饼，喝了一碗老豆腐。看爷爷吃得香，我又吃了一个盐水豆腐的烧饼，婶子给我切了两片灌肠夹到饼里，香极了！也就是从那时开始，我爱上了家乡的灌肠。爷俩儿吃饱，坐上去琉璃厂的汽车等待出发。不一会儿，从车窗看到婶子又烘出一大笸箩烧饼，早点摊儿的人开始多起来。

二十多年过去，很多事情已退出了回忆的舞台，唯独那一炉烧饼时时在脑海里回荡。

后来，在外求学的我暑假回家，总要抓着几块钱，骑着自行车，穿过一趟街道去婶子的早点摊儿买烧饼。她比以前胖了些。早点摊儿总是被摩托车、自行车围得水泄不通。有骑摩托车的小伙子开到早点摊儿旁不熄火，大声嚷嚷："给我夹五个菜、五个灌肠的！快点！我赶时间！"这时，婶子的婆婆就会起身帮着忙活，优先照应着急的客人。有胖胖的大叔走过来，喘着粗气说道："给我夹两个猪头肉的烧饼，再来四个夹土豆丝的，再夹两个灌肠的！"胖叔每天来买烧饼，要的几乎是一样的夹菜。他媳妇吃素，身材苗条，他则无肉不欢。两人走在大街上，远远看去，他像是牵着小朋友一样。还有买家拿了烧饼，会再要两份家里老人爱吃的盐水豆腐、媳妇爱吃的老豆腐、孩子们爱喝的豆浆，一袋袋打包好，放进车筐，回家和老少一起享用。

　　单身的客人就自在多了，往烧饼摊儿旁的桌子一坐，要上两个烧饼、一碗热乎乎的盐水豆腐。盐水豆腐是当地很受欢迎的小吃，要用白豆腐切成薄薄的三角状，过油炸。真正卤水点出来的豆腐炸出来是蓬松状的，味道醇厚。再把煎炸好的豆腐入锅里熬，放入花椒、葱、姜、大料、茴香籽……熬的时间越长，味道越好，熬到汤色呈乳白色就成了。

　　有老光棍儿每早必到早点摊儿，不仅吃盐水豆腐，还和来吃早点的人唠家常，村里村外的大事小情没他不知道的。有人家办喜事，他能神不知鬼不觉地带着好几个铁哥们儿一起爬上人家洞房墙头听墙根儿去。老光棍儿外号"半仙"，听墙根儿时，居然能让院里的鸡、鸭、狗不叫，也真算本事。他倒也不说人家的闲话，不过说些市井的笑话逗得买烧饼的人哈哈大笑。他每次会吃两个烧饼、一碗盐水豆腐，总会遇到热情的老乡亲给他结账，说这是他的个人魅力。时间一长，来买烧饼的人也有了更多念想，都惦记着来打听老光棍儿攒的那些趣事。家里人不免纳闷埋怨：买个早点竟能花上这么长时间？有时在早点摊儿看不到老光棍儿，总有人问"半仙儿怎么没来"。打烧饼的婶子就笑眯眯说："邻村的赵家给他介绍了个好老伴儿，刚买了几个烧饼急匆匆就回去了。"问的人一边嘿嘿笑着，一边让婶子给夹着盐水豆腐、灌肠。

村里人吃着这些有滋有味的早点，过着有滋有味的日子。

后来我长大了，在南方生活多年，早起去当地吃早点，见当地人通常要上一碗米粉。我却吃不惯，时常想念家乡的吊炉烧饼。那是刻在骨子里的味道，一辈子都不会磨灭。

谁家炉火热

冬日，气温骤然下降。早晨起来，妈妈第一件事就是马上打开封了一晚的蜂窝煤炉子。不大一会儿，火苗像长了小翅膀似的立刻亮闪闪地飞蹿上来。炉子上的大铁壶瞬间"呜呜"响起来，壶嘴吹吐出一股热腾腾的水蒸气——壶里的水开了。

蜷缩在铁炉旁的小柴狗也哼唧着摇起小尾巴。屋里渐渐暖和起来。妈妈麻利地提起大铁壶，把滚烫的开水倒进印有牡丹花和金鱼图案的洗脸盆，又从大缸里舀上半勺子凉水，用手试好温度，便心急火燎地催我起床。她从炕头褥子底下拿出焐了一晚上的小棉袄，快速给我穿上。我真舍不得从暖烘烘的被窝里钻出来，却也只能极不情愿地拎起棉裤，咬着门牙哆哆嗦嗦地穿上。妈妈一边给我系上棉袄扣子一边把我抱到洗脸盆旁，拿出香皂给我洗脸，又用热毛巾擦干净。接着，她从玻璃花的盆景上拿出郁美净，挤出细细几股，涂抹到我的小胖手上。刹那间，奇异的香味儿直钻鼻腔。妈妈告诉我，"抹了香香，冬天脸蛋才不会绷瓷"。于是，我就在小胖脸儿上胡乱地拍啊拍——好香的郁美净啊！妈妈见状，不由夸道："嗬！真白，真俊！"把我拾掇完，她就点燃灶膛在大锅里熬粥、热饽饽，同时腾出手来在蜂窝煤炉子上炒菜。我则蹲在炉子另一边和小柴狗一起烤火，火苗烤得脸蛋热乎乎的。有时封了一晚上的蜂窝煤炉子的火苗没上来，或者白天忘记添煤，炉子就会灭。妈妈会把炉子端到院里，往炉膛里放一些引火的东西，比如玉米棒儿、小块儿劈柴或一截截粗树枝。火苗烧旺了往上蹿时，马上放入蜂窝煤，拿起烟筒对着炉口放稳，一股股呛人的浓烟被抽出来，滚滚升向院子高处。等浓烟越来越淡渐渐消失时，取下烟筒，从炉口匆匆一望，炉底的引火劈柴被烧得白亮亮的，上面的蜂窝煤已经火红火红的——炉子点着了。煤味儿渐渐消散，就可以把炉子端进屋内取暖烧开水了。有时，点一次炉子未必能着，过一会儿看蜂窝煤还是黑色，就要拿出煤，再往炉内多用一些油毡，引燃玉米棒儿什么的，等烧旺了，再放进蜂窝煤。过一会儿再看，炉膛内的蜂窝煤渐渐泛起红光，那时的心情是最开心的。再放入一块煤，不消半晌，煤身上每一个小圆孔窜出的火苗就开始翩翩起舞了。

　　蜂窝煤炉子给一家人带来冬日温暖，更重要的是，还能在上面烧水、炒菜、烤红薯、炒花生瓜子，这便是乡村生活中的横生妙趣，是在城市里是感受不到的。左邻右舍的大人们也是三三两两经常串门子，聚在一起围炉夜话。漫长寒冷的冬仨月就这样不知不觉地过去了。孩子们呢，

打雪仗、堆雪人，忙得不亦乐乎。棉袄湿了，放炉边烤干。有时不小心把棉袄烤煳了，大家也报以会心的微笑。炉膛里的火苗生生不息，是万物中温暖神秘的精灵。它们舞动着，在我幼小的心灵里撒下了生命的种子。它们妙不可言的身影跃然于生活之中，照亮了我的童年。

生炉子取暖固然舒适，却也需要提防煤气中毒，常听到有消息说有人家因疏忽大意造成不可挽回的人间悲剧。有的人家特意把窗户纸捅个窟窿，以防万一，但毕竟百密一疏。我家就曾经历过一次，还好有惊无险。那是三十年前的冬天，刚下过雪，极冷。妈妈带妹妹去姥姥家，只剩我和爸爸在家。那天，爸爸点了两个炉子，但棉门帘子没像往常那样在午饭后撩到门上去。我玩着不倒翁娃娃，见爸爸躺床上睡着了，我也感觉很困，索性靠着高高的被子也睡着了。刚好那天村里一个大叔和爸爸约好午后来取做好的衣服。他站在院里叫了好久都没人应声，见大门开着预感不妙，便急匆匆地进了屋，一看爸爸在床上口吐白沫，大叔大惊，却并不慌张。他赶紧把窗户纸撕掉，再把棉门帘子撩起来。不一会儿，煤气渐渐散出去，爸爸和我才缓醒过来，转危为安。这事儿在村里传得很广，街坊四邻都觉得很是后怕。

不久，家里每个房间都装上了暖气。冬天，烧暖气比烧炉子暖和多了，衣服搭在暖气片上不到一晚上就干了，再也不会被烤煳。再后来，又有了温泉地暖，冬天在屋里穿半袖、光脚丫走在地板上都是暖和舒适的。

日子越过越好，可总忘不掉小时候的那个蜂窝煤炉子。有一次，经过村口一个大型废品收购站，我一眼看见木栅栏边有一个品相很好的铁炉子，和小时候家里用的一模一样，连封炉子的盖儿都有。我赶忙走过去和老板说了说价钱，他也很爽快，七十元给我装上了车。

我似乎又看见了蜂窝煤炉子里起舞的火苗，给乡村生活带来的淳朴温暖，给童年时光笼罩上的火红明亮。

贰

樱桃小丸子

　　动画片《樱桃小丸子》总会逗得童年的我笑个不停，或者眼泪汪汪。那时，我和动漫里的小丸子年龄相仿。因为喜欢可爱的小丸子，缠着妈妈给我剪个和她一模一样的发型。时光荏苒，到现在我还留着小丸子的发型舍不得改变。

　　每次看到小丸子演绎的生活故事，总是倍感亲切：小丸子和爷爷一起装猫咪的快乐、一起偷看漫画书的暗号，小丸子当选班长时得到的家人鼓励、骑在爷爷肩上夕阳余晖洒下来的那一刻……二十多年如一日始终爱看。

长大后，我对能创作出这样意味深长的经典动漫的创作者极其崇拜，当得知创作者樱桃子是一位中年女性时，更是感动。经历人生世事，她依然能保持一颗纯真童心，难能可贵。欣赏樱桃子小姐的人生态度，剧中那些小幽默、小可爱，还有蕴含深刻的哲学思想，始终潜移默化地影响着我。

　　因为喜欢樱桃子小姐，我曾在动漫基地画过一个多月的日本漫画，每天和纸笔电脑相伴。我沉浸在动漫的世界里，发挥着无穷的想象力，至今难忘。虽未曾谋面，我却从心里感谢樱桃子小姐，是她和她笔下的小丸子让我体会到，生活可以很艺术，艺术也可以很生活。

　　听闻樱桃子小姐离世时，我正身染风寒卧床休息，惊愕之余是巨浪般的悲痛。逝者如斯夫，不舍昼夜，先把悲伤放在一边，只在内心静静地怀念吧！不知不觉间，我竟晕晕沉沉睡着了，没想到竟做了一个长长美美的梦，如真似幻。

睡梦中，太阳似缓缓升起，丰茂的草木、幽寂的河畔，伫立一位眼神深邃而清朗的日本女子，留着小丸子一样的发型，那粉嫩盈盈的脸上隐隐透着喜气。她身着一身墨绿花裙，裙边带着刺绣，温婉中透着烂漫。这似曾相识的美好意境犹如清少纳言《枕草子》中的东洋气息：随性的呢喃、率真的热爱、清丽的物哀，是何等迷人啊！她穿行于河边柳树下，朦朦胧胧中全是以往世代难以言传的神韵。只见她纤纤玉手折一枝柳叶，惠风和畅，掀起她的裙角，那份闲散清逸的幽韵竟引得我在不远处看得出了神。这样一位月白风清中的可人儿会是小丸子长大后的样子吗？

清晨起来，我感到前所未有的身心通透，烧退了，也有精神了。所有灵魂都是世间的过客，尽情享受生命的过程，才算是真正地拥有吧！樱桃小丸子，一个给我内心留下永远纯真美好的小孩。

我坐在摇摇椅上想着樱桃子小姐如此多的经典创作，不觉又想到"摇摇椅"那集，浮想出小丸子可爱呆萌的模样。又馋又懒又调皮、功课也不好的小丸子，真像是儿时的我们。她永远在亲近天真，是真的大智若愚。

祈愿此生我也能做一个天真美好、善良快乐的小孩，一家人温和平淡地过着日子。

白薯在祥云旁飘动

　　儿时跟随姥爷、姥姥去地里刨白薯。那时，种白薯的人家多，红薯却很少看到。清楚记得读学前班时，西院叔家第一年种红薯收获后送了我家半筐，让我们尝尝。

　　爸爸同时在锅里馏上红薯和自己家的白薯，等熟了发现红薯口感确实更细腻。于是，我们纷纷央求爸爸也改种红薯。第二年夏天，爸爸果真买了红薯秧苗栽进园子。可惜，我们只种了一年，家里就不再种地了。找爸爸做衣服的人太多，实在腾不出时间打理农事。

　　过了寒露，村里家家户户灶台上的大铁锅里都馏着白薯、红薯，冒出的腾腾热气透着浓浓的人间烟火味儿。吃不完的红白薯便切条晒成薯干，成了孩子们冬天里最有嚼头的零食。

姥爷每年都种一两亩白薯，他所在的村子是清朝军机大臣于成龙的故乡。于成龙当年疏通的河道被康熙赐名"永定河"，闻名遐迩。姥爷的白薯地就在于成龙家乡那些残破的石碑旁边。姥姥说，她年轻时这里像座花园，许多汉白玉石桌、石凳、石碑都是于氏家族遗留下的，六月天在石桌上摊个鸡蛋一会儿就熟。那时候的人哪里懂得保护这些文物？大部分石桌、石凳均不翼而飞，只剩下这块大石碑没人敢动。

在姥爷的悉心照看下，地里的白薯长势喜人，一棵秧子提起来就是一大嘟噜。姥爷的勤奋加上土壤的肥沃，换来了白薯的丰收。姥爷对我一直疼爱有加，带我去刨白薯时因我没戴帽子，他又折回一条街给我取了来，满脸慈爱地给我戴上，笑眯眯道："女娃娃可晒不得。"

刨白薯时，姥爷会把白薯秧子根部用镰刀割断，用耙子搂起白薯秧，再把秧子抱进四轮小拉车上垫底。刨白薯前，他总要拉根白薯秧的茎，再一段一段掰开，让边上的纤维连接，做成耳坠儿和项链给我戴上。姥爷、姥姥笑容满面地夸我，我则歪着脑袋开心得像花蝴蝶。我会学着姥爷用白薯秧子做耳坠儿、项链，还编了白薯秧子做的花环，把小野花也插在花环上，好看极了。刨完白薯装好车，再盖上一层白薯秧子，姥爷最后把我抱上小拉车，迎着夕阳的余晖，唱着儿歌《读书郎》回家。我玩美了，而这一年的农忙也接近尾声了。

白薯收回来，我们会留足自家吃的，剩下的大部分用来做粉条。把白薯洗干净，用搅碎机粉碎，放到大瓦缸里，再用锣滤掉残渣，制成白色浆团。我见姥爷把院里葫芦架上最大的那个葫芦一劈两半，在葫芦肚上用刻刀刻出四个均匀的长条。姥姥往大锅里添好水，把灶膛里的火苗烧旺，锅里的水被煮得"咕嘟咕嘟"直翻泡泡，整个灶边热气腾腾的。姥爷从大缸里拿出白薯粉团，放进葫芦瓢里。他站到锅台上，均匀有速地晃动着白薯粉，扁扁长长玉带式的粉条被放进锅内滚烫的开水中。一大瓦缸的白薯粉团瞬间变成一根根软儒的粉条。姥爷将锅里的粉条用盛馒头的馇馇篮子麻利地抄上来，再放入装满冷水的大盆，粉条很快把大盆的凉水浸出热气。等热气散去，姥爷便提来一水筲凉水，继续倒入盛粉条的大盆中。

　　姥爷、姥姥一上午都在忙着做粉条，没人陪我玩，好没意思。于是，我坐在灶火膛边哇哇大哭。他们只好一边把粉条一根根捋顺溜一边哄着我，从大盆里拿出一根粉条放在铁碗里，让我拿着玩。姥爷把我抱起来，放到小板凳上，告诉我不要哭，还给我买大苹果吃。我一听苹果，旋即用袖子擦擦眼泪，乖乖看着他们把粉条搭在一排排架起的竹竿上。很快，粉条便占满了院子，在秋日的阳光下，风干、成形。我也不再哭闹，看着一排排粉条心生好奇，满是期盼。粉条会在院子里和星辰相望一整晚。第二天清晨，姥爷把竹竿上的粉条取下来，用大锅里的温水过一遍，再继续搭上竹竿晾晒，中途断掉的粉条就留着自家吃。

晒好的粉条会被装进口袋，再放进马车，姥爷便驾着车带着姥姥和我去大集上卖。那时的粉条和当时的人一样纯朴，绝无添加剂、食用胶。乡里乡亲的买上两斤，姥爷还会多搭上一大把，带上一句："自己家漏的粉，吃去吧！"粉条卖了钱，姥爷姥姥果然兑现承诺，给我买了几个大苹果，再称上两斤肉，心满意足地回家。农民的日子就在这样的辛勤耕耘中越过越好。

如今，姥爷的村里还有几户老大伯，依然坚守纯手工制作粉条的营生，而且远销国外。纯手工漏粉是个力气活儿，工序繁琐，现在的年轻人很少有再愿意做这个的了，大家早就改用机械代劳，却不再有纯手工做出来的美味。

每年入冬，我还会去姥爷村里晒粉条的地里转转，在最滋养身心的田地，看看那一排排粉条在阳光下、在家家户户的餐桌上。

记得读小学的时候，有一年正月里，表妹骑着自行车带我去姥爷家白薯地附近玩，远远就看到那座大石碑和旁边躺着的半残破的石碑。那时，我还看不懂碑文的内容，只是抚摸着那些斑驳的文字，不知为什么竟泪眼婆娑起来。长大后参加工作了，有一次从杭州回来，我不知怎的特别想去白薯地看看。我开着车，顺着记忆中的路线一直驶到那里，残破的石碑倒在地里，但气韵犹在！我看到石碑上那些祥云仍在飘动。时间会抹杀所有吗？未必，即使有，那些遗存的痕迹怎会走掉？我拿出一瓶黄酒，洒在石碑旁。这次，我没有流眼泪，只是在土坡上呆坐了很久，直到太阳落山……

　　注：小时候的白薯、红薯外形一样，白薯即是白瓤，纤维淀粉含量比红薯高。红薯即是红瓤。

杨树上的喜鹊

小时候，我和小伙伴总爱去村口一排排的大杨树下玩耍、疯跑。伴着喜鹊叽叽喳喳的叫声，我们一起捉过迷藏、放过风筝、打过雪仗。白驹过隙，日月如梭，我们渐渐长大了。儿时的小伙伴都忙着成家立业，记忆中喜鹊的欢声也渐行渐远。

如今，村口的大杨树更加雄壮威武，我张开两臂也抱不过来。夏日无风时，浓密的叶片撑起大片大片的绿荫，如一把把巨伞擎入高空，雄伟又孤独；风雨大作时，群叶乱舞，喧嚣中却带着无形的落寞。然而，喜鹊的陪伴令这

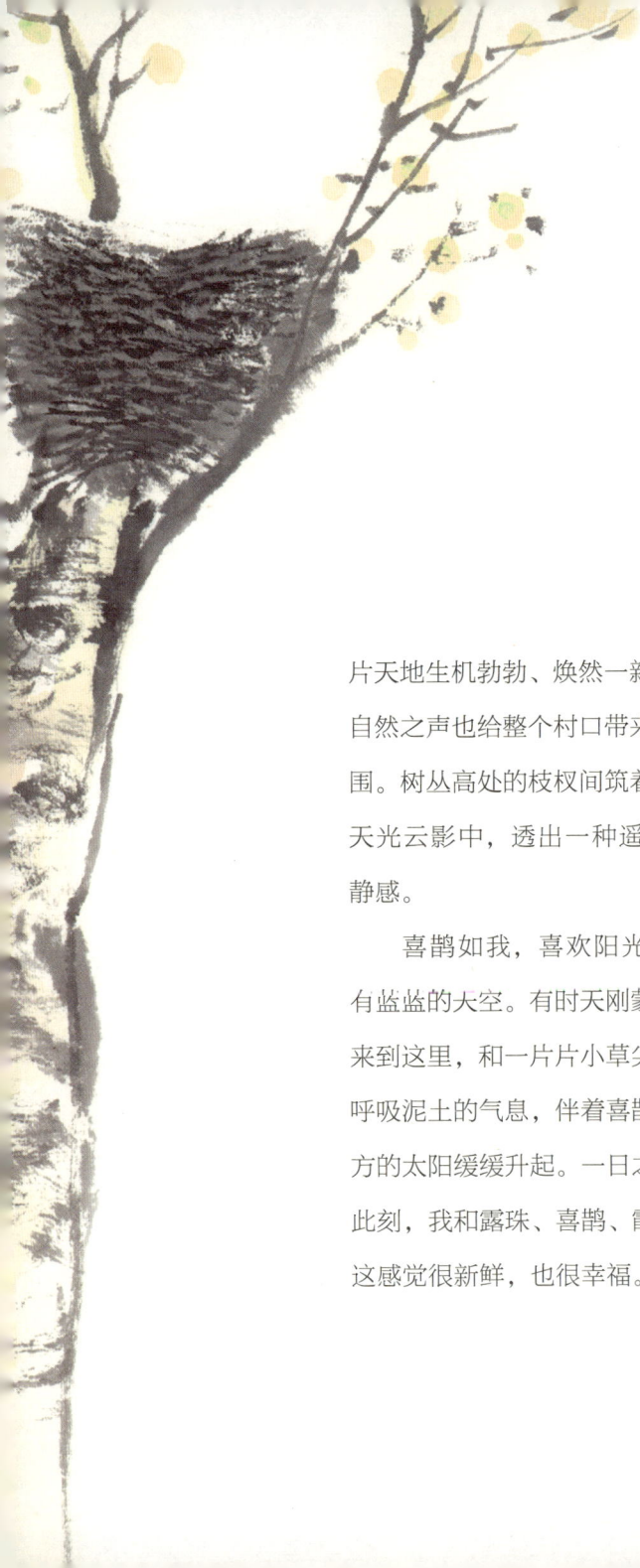

片天地生机勃勃、焕然一新。这种纯粹的大自然之声也给整个村口带来了明朗喜气的氛围。树丛高处的枝杈间筑着一个个喜鹊巢，天光云影中，透出一种遥远的古旧感和宁静感。

喜鹊如我，喜欢阳光、风、雨露，还有蓝蓝的大空。有时天刚蒙蒙亮，我就起身来到这里，和一片片小草尖儿上的露珠一起呼吸泥土的气息，伴着喜鹊的叫声，看着东方的太阳缓缓升起。一日之计在于晨。此时此刻，我和露珠、喜鹊、霞光、朝阳相伴，这感觉很新鲜，也很幸福。

每次回到村庄，我都要来到村边的大杨树下，在这里静静坐会儿，感受内心的无拘无束，舒畅而安定。这里没有人来人往，安静得只能听到悦耳的鸟鸣，还有树叶飘落的声音，以及脚踩落叶的声音。

　　仰望着挺拔的树干，只见繁密的枝叶耸入天空，肆意伸展。此情此景令我浑身的疲惫倦怠渐渐退去，焦躁急切的心也缓慢平静下来，一个神秘的潜在自我被悄悄唤醒。喜鹊叽叽喳喳的叫声和树叶哗啦哗啦的响声混到一起，引发了神奇的化学反应，我顿觉整个身心与自然水乳交融，迟钝浑浊的心魂被一次次涤荡。那个被抛到九霄云外多年的我，又回来了。

深秋，我走在两排杨树间的土路上，眼见着黄绿色的叶片纷纷扬扬飘落下来，不觉驻足，体味着这萧瑟寂然的自然之美。那些于枝叶间高高筑起的喜鹊巢，在一片萧肃中竟生出一种说不出的温馨神秘感。鹊巢和杨树彼此依存，即便满树的叶片都决然离去，鹊巢仍固守着这片树之家。不知为何，在单纯恒久的季节循环中，在一次又一次心怀这份不可替代的来自天空高处与大地远方的温暖时，喜鹊的从容与智慧竟让我有了片刻的惭愧，不由在心间勉励自己：好好爱着这一切吧！喜鹊、大杨树，这真是大自然给予我最好的礼物。

　　这时，一只小喜鹊落在我身旁啄食。我们互相注视片刻，只见它迈着小步快速跃动，随后飞向一棵低矮的杨树，落在摇摆的树枝上，叽叽喳喳欢叫着，那种与自然的深情互动，令我心动不已。此时此刻，我只想披着微风，看那一排排大杨树像一支强大的队伍，有组织、有纪律地在冬日暖阳下，挺拔耸立，威风凛凛护卫着小喜鹊们。若不是看到它们，我那颗感受着生命幸福感召的心将会失去多少意义啊！

　　每每见到这神奇的喜鹊，脑海中总会浮现《鹊桥仙》中数不清的喜鹊，它们在空中架一座爱桥，绵延在特有的时空之上，穿梭缭绕在那份深挚又凄美的爱，渡一对有情人来之不易的相会。

　　三十多年前爸妈定情的那块手绢和爷爷送我的木版画都被我珍藏在爷爷做的木箱里，一有空，我就会拿出来看看，那就是我对爱情的幸福理解。长大后看到的《沈周松梅喜鹊图》，画中"满池清风百喜来"的意蕴彰显了文人清幽隽永的诗赋才情，而栩栩如生的喜鹊则给人无尽灵动轻松自在之感，诗情画意浑然一体，温和中透着轩昂，儒雅中辉映着墨韵，浓淡相宜恣肆忘我，一派天人合一又各自双清之意境，各显各的风情。

　　记忆中，爷爷救过一只受伤的幼年喜鹊。伤愈后，它却不愿离开，在屋里飞来飞去，看爷爷作画；或是爷爷在院里捣鼓花草时，它飞到他的肩头，安静地欣赏。不久，一只大喜鹊开始在爷爷院外的电线杆子上喳喳叫个不停，小喜鹊也冲它回叫。过了一天，小喜鹊就飞走了，可两天后又飞了回来。我们不知道发生了什么。又过了一晚，大喜鹊倒在东厢房上不再动弹，小喜鹊围着它喳喳叫着，看似伤心极了。爷爷要将大喜鹊埋到花坛，我们才发现它的羽毛好漂亮，于是就把它尾巴上的羽毛取下来，让爷爷做了一把诸葛式的羽毛扇。从那以后，我学会了那段西皮二六：我站在城楼观山景……

　　漫长的岁月中，说不清有多少次我和喜鹊碰一起。无论是取得好成绩，还是受了委屈，我都会想到村口大杨树下坐一坐、走一走，和喜鹊一起看日升月落，一起看天上的飞鸟与流云，一起晒暖，一起经受风吹雨打。我们似乎生活在一个屋檐下，不管处于怎样的境况，都竭尽全力地呼吸、生活，让内心一直坚韧有力并柔软着。

　　愿我们在
　　初晨的凉风中
　　望见朝阳
　　在傍晚的街道上
　　遇见橙黄色的路灯
　　在这尘世里
　　有人依偎生存
　　相拥取暖

鸣　虫

立秋一到，知了声渐歇，蝈蝈儿、蛐蛐儿们开始接班。万物有灵，在交替更新中生生不息。

儿时，每到入秋，我会捉来蝈蝈儿、蛐蛐儿，用狗尾草编成笼子，把它们装进去，放在屋里。听着它们一高一低的叫声，别提多开心了，然后就伴着云边的月影和庭中的虫鸣渐入梦乡。然而，那些欢快的虫鸣会吵得妈妈难以入眠。她便数落道，女孩子家的怎么会喜欢这东西！说着就把笼子里的蝈蝈和一瓦罐蛐蛐放到院里。妈妈的一次放生"善举"却让我醒后急得六神无主。

怎么办呢？于是，我放学后拉上几个小伙伴，继续去地里捉蝈蝈、蛐蛐。那时，祥叔是我们的孩子头儿，经常带我们捉蝈蝈、逮蛐蛐儿。白天他骑着三轮车，载着我们一群小孩崽子们去黄豆地里捉虫。黄豆地里的绿豆虫特别多，个个肥得很。当时，我一点都不害怕那些昆虫，只记得妈妈的话"多捉点绿豆虫回家喂鸡鸭"。

捉蝈蝈时，祥叔拿着一根细竹棍儿，一头拴上半米左右长的线，线顶端拴上胡萝卜块，跟钓鱼似的把胡萝卜块伸进草丛，一吊一个准儿，不一会儿就吊出好多蝈蝈来。我总觉得蝈蝈的智商不如蛐蛐儿高，吊上来它们也不会迅速跑掉，进了笼子还抱着胡萝卜狂吃。不过话说回来，蝈蝈那力拔千斤的 E 大调真是好听！

晚上，祥叔打着手电筒，带着他的三个孩子、南院大妈家的两个孩子和我一起去田间地头，捉更多我们不认识的鸣虫。到了一片棉花地，我们悄悄跟在祥叔后面，生怕惊动了虫子，轻手轻脚得像要寻得多大的奇珍异宝似的。忽然，有人在远处嚷着"干吗呢、干吗呢"，估计我们是被当作小偷了。于是，祥叔带着我们嘻嘻哈哈地从棉花地跑出来，漫天的星星和一弯月亮也在看着我们咯咯笑。回到田间的土路上，我们重新寻找目标。这时，我听到土路旁的树上有"咕咕咕"的声音。祥叔说,准是"大叫驴"(叶螽斯)。我用手电筒照向那棵树,果真在一片树叶上看到了一只,长得似一片叶子,不仔细的话根本看不出来。祥叔赶紧把它装进罐子里,告诉我们这东西吃蚊子。那一晚,我们捉了好几只"大叫驴"。那也是我们第一次见识到啥叫"大叫驴",感到稀奇极了。

为了防止妈妈再把鸣虫扔出去,我索性把它们放在自己的房间里,插上门,有了这些鸣虫的陪伴,我就像大王一样威风。

听祥叔说给蝈蝈吃辣椒,它会叫得更欢实。我便去小菜园摘了辣椒喂蝈蝈。它可能也是怕辣,生气地咬破了我的小拇指,瞬间就流血了,疼得我哇哇直哭。妈妈趁热打铁说以后别养这些了,我却不服气。我是多么喜欢这些会唱歌的小精灵啊!

一天,祥叔突发奇想要斗蛐蛐。找到厉害的蛐蛐可不容易,不知他听谁说的,在乱坟岗子能捉到厉害的蛐蛐,而且还得去生前厉害的人的坟前去捉。我一听要去坟地,就怂了,托词回了家。后来是邻家两个小男孩跟他去的,回来后,一个高烧不退、一个萎靡不振,厉害蛐蛐没捉到,他们是再也不敢大晚上去坟地了。

多少年过去，总是抹不去儿时对鸣虫的那种喜爱之情。

如今，去北京的花鸟虫鱼市场时，那一条街的鸣虫声悦耳动听，就像回到童年的田野上，引着我在一个摊前又一个摊前驻足，看到很多提笼架鸟的年轻人选鸣虫，他们扎堆探讨着哪个蛐蛐勇猛，评说着点药的蝈蝈叫声是怎样好听……听那些行家里手们讲这些好玩儿的鸣虫，借此增长见识。

我忍不住把这些蝈蝈、蛐蛐、"油葫芦""大叫驴""金铃子"……统统买回家来听。养得多了，鸣虫罐自然也少不了，养"金铃子"的是小巧精美、雕刻山水花纹的木盒，养"油葫芦"的是做工精致的竹盒，蝈蝈罐则是用雕漆玳瑁的和自己养的葫芦做罐……我虽没有价值高昂的罐儿，但出于对鸣虫的喜爱，还是给它们安排了最舒适的寓所。

鸣虫养多了，渐渐摸出了门道，开始学着给"油葫芦"垫土。听有经验的老大爷说，"油葫芦"垫三合土，还要用中药养底。这让我想到二十多年前一个大雪天，爷爷的茶友来家做客，几杯茶下肚，忽听得他怀里的"金铃子"叫起来，那带着金属质感的小慢音儿青水绕户的真耐人儿，光是听着就心里一片悠然。大爷从怀里拿出个竹盒

子，给我爷爷看。我依偎在爷爷身边，瞪大眼睛盯着那只小小的"金铃子"。只见它身材不大，长着长长的须子，金黄色的翅膀不停振动着，"噜噜吱吱"的秀气声音别提多悦耳了。如今，一年四季似乎都能听到虫鸣，但彼时在那样冷的天气能听到很是难得的。大爷骄傲的神态和爷爷看"金铃子"时流露出的新奇眼神在我心里留存至今。

　　我们本就生活在鸣虫的文化中，却不自知。大唐明君李世民的失眠症就是蛐蛐、蝈蝈们治好的；白居易的诗中有"西窗独暗坐，满耳新蛰声"，足见宫中是养蛐蛐的；宋理宗一朝，贾贵妃之弟贾似道发明了斗蛐蛐，虽然对其人品不敢苟同，但他找人写出了《促织经》，也算是给历史和鸣虫们做了些贡献；再到蒲松龄的聊斋名篇《促织》，可见养鸣虫、爱鸣虫的人就从来没断过；在清朝，乾隆帝居然在养鸣虫的澄泥盆上镶嵌了珍珠翡翠各类宝石；慈禧太后还经常把蛐蛐、蝈蝈连盆带罐赏赐给进宫唱戏的名伶，单我知道的就有余三胜、张二奎、程长庚、杨小楼、王瑶卿。后来，余三胜还把这个爱好传给了孙子余叔岩，余叔岩更是过犹不及，花了一百大洋买下一只九厘八分重的蛐蛐，每战必称雄。想来余大师的戏唱成绝响和他平时爱这件好玩的事儿不无关系——这一生阅透人情，有虫鸣相伴还有什么过不去的？

乡下静谧的秋夜里，虫鸣入耳，内心便泛起喜悦。走在丰茂的田野里，闻着绿白菜和泥土的气息，听着天籁的自然之声，看蝈蝈儿趴在大白菜上吃着香香的菜叶，一点也没有捕捉的欲望，只觉是它们给田间带来了一片美好的生机，难怪这些小家伙也深受齐白石老人的青睐，将它们以丹青的形式存世。

每每灯下夜读，伴随我的就是这灵动鸣虫奏出的美妙小曲儿，随后枕着这声音入眠，感觉星星都被鸣虫们唱得更亮了，在梦里闻着鸣虫悠悠，参悟着人生深长。

一把少年弦

　　去年春节前，有幸拜访了李祖铭老师。当时他刚从海南回来，有点不适应北京的冷，感冒了，但精气神依然饱满。他和夫人热情迎我进屋，我第一次见到从小就被爷爷说了无数次的艺术家，忽然见到真人，我竟有点腼腆，手足无措。李老师眯着眼睛笑道："你杵窝子啊！"让我更是无言以对。他说话直接，像个耿直少年；眼睛不大，却光彩有神。师母热情地给我沏上茶，张罗着我坐下。夫妇二人的真诚感染着我。

　　我坐到李老师身旁，回想起十多年前爷爷和我讲那个

"小黑小子"在故宫城墙刻苦练琴的日子，更体会到从小说到大的那个硬道理——台上一分钟，台下十年功。李老师的琴弦伴随着我的成长，我更能感受到皮黄里的人生漫漫、旅愁纷纭。

2010年3月1日在梅兰芳大剧院举办的"李祖铭先生京剧独奏交响音乐演唱会"让我的印象特别深刻。那天正是其父李慕良老先生与世长辞之日，李老师强忍悲恸，坚持演出，给了在场观众一个圆满的交代。当时他对着镜头只吐露了四个字："戏比天大。"那天的演出很成功。离场时，我在台下听到一位白发苍苍的老先生用颤抖的语调说道："这是给李慕良先生最好的送别。"

和李老师说起此事时，他靠在沙发上，闭眼半晌才道："那年参加演出的梅葆玖、李世济两位先生也走了。"语毕，我们都沉默良久，不忍再说下去。

那个下午过得太快，好多话没有说完天就黑了，加之李老师身体欠安，我不得不告辞。

临走时，李老师说："喜欢你这丫头！常联系。"

回家路上，我听着李老师的曲牌，心潮起伏。那次见面让我真切感受到爷爷当年看到李慕良老先生给马连良拉琴时的激动之情。

年轻时，好拉京胡的爷爷每天早晨最爱去故宫后门的城墙东头儿听戏。东面有一块宽敞地儿，每天一大早儿拉琴、唱戏的票友们都去那里吊嗓儿。护城河两边是宽厚的小城墙，北边的墙高些，把胳膊肘搭墙上能看到护城河边钓鱼的人们。南边挨着故宫城墙近的墙稍微矮点，人们走累了能坐上去歇会儿。

天刚亮，爷爷从护城河经过，总能看到故宫南墙那边有个精瘦的小黑小子坐在护城河边的城墙上拉京胡。他总是离那些票友远远的，一脸倔强，眉眼中带着英气。他那股子硬气劲儿似乎拒人于千里之外。不过，爷爷就爱听他拉琴，那种人琴合一的专注劲儿透着虔诚与胆识，特别有魅力。爷爷对他的扎实琴技格外欣赏，无论是指法、弓法，他的把握都恰到好处、游刃有余。那天，他练完琴正要起身回家，爷爷终于按捺不住，使劲提了提气，走过去问他叫什么名字。小黑小子看了爷爷一眼，说了三个字"李祖铭"，接着就收了琴径直走了。打那以后，爷爷把裁缝手艺搬回了老家，再也没去过护城河听他练琴。

　　多年后，爷爷教我唱戏，七八岁的我已然能跟上他的胡琴唱上几段。每次唱完，爷爷总让我站直身体，问我京胡三大圣手是谁。我大声说道："李祖铭、燕守平、张素英。"爷爷便会满意地点点头。

　　有一次，爷爷指着电视里拉京胡的李祖铭老师对我说，"这就是当年在护城河边刻苦练琴的那个小黑小子李祖铭，马连良的琴师李慕良的儿子"。那时的我不过几岁，第一次在电视上见到了李老师的真人，也记住了这位拉琴时表情丰富又可爱的琴师。

长大一些后，我听了李老师拉的不少曲牌，那精到的琴音真是让人越听越喜爱，甚至闭着眼睛就能想象出他那一双巧手于琴弦间曼妙翻飞，动人的曲调便自指间倾泻下来。而且一次听不够，定要反复地听、反复深究，才觉过瘾。那胡琴声自他的弓子里钻出一份独有的傲态，可你一旦学会欣赏这种傲态，便能理解他对京胡心存的深深谦卑和敬畏。

如今，我已是李老师的铁杆"琴粉"。听他拉琴，时常会想到另一个可爱的老顽童——黄永玉。这位自称"湘西老刁民"的"老家伙"最擅长的就是涂涂抹抹，他的画往往流露出举世罕见的幽默感，戏谑之余却是一种让人肝肠寸断的美。这美和李老师琴音的美竟有着异曲同工之妙。他们都经历了大浪潮时代，却依然童心犹在，活出本真自我的同时，又用艺术的执着之力掸去更多肩头的尘埃。艺术的共通性让两个截然不同的灵魂彼此暗合，冥冥中惺惺相惜。

黄永玉老师的画处处显着笑看风云的达观，李祖铭老师的琴音也无不彰显安之若素的旷达，他们都透着一股可爱的"嘎劲儿"。李老师台上严肃，台下可爱。有次，我抱着手机看他在练功房给角儿拉琴，那认真表情和入定神态呼之欲出，隔着方寸屏幕都抵挡不住。我竟忍不住看了无数遍，始终纳闷那弓子在他手里怎就能拉出不一样的味道？就像那道你最爱的菜，永吃永新，永不厌倦。我曾问爷爷："当初给马连良操琴的李慕良先生是怎样拉琴的？"爷爷眼睛一亮，钦羡之情溢于言表。行家一出手，就知有没有！听李老师的《赵氏孤儿》《新东方赞》简直能入魔，他在传统的老腔老调中融入了自己的创新，尤其是在把控节奏和韵律的方面。这就好比一块陈年老木经能工巧匠的一番雕琢焕发了新生。他赋予了琴音不一样的灵魂。爷爷说："经过李祖铭加工处理的曲子给耳根子带来了一种鲜活感。"

李老师拉琴时总是比演员先入戏，人琴合一，每个过门处理得天衣无缝，弓子猛然一顿，于每次一气呵成中又彰显着决绝。他会给每个小垫头的流动性做足铺垫，绝无明显的衔接感，一点空的感觉都没有，不含糊，气韵中尽是君子的坦荡，功夫瓷实啊！爷爷总说，"听他的琴声顺气啊！"铿锵的琴音中似涌动着雷霆万钧之气，势不可挡。

我的家乡好像与京剧有着解不开的缘分。湖北京剧院的琴师霍路芳、上海京剧院的琴师美敬，还有好多著名京剧演员，都是从故乡走出去的。我还差点走上京剧专业这条路，所以我始终认为家乡这片土地和京剧艺术是彼此滋养的关系。如今，我只能用手里的笔书写我对京剧的热爱，这让我心存感激和安慰，终归是没和戏分开，而且越来越近。

好友霍路芳的琴技，受李祖铭老师亲自传授指点。听路芳说，李老师治学严谨，正所谓严师出高徒。李老师发自内心地渴望让这一宝贵的艺术能被传承下去，后继有人。在李老师的悉心教导下，路芳琴艺不凡，获奖无数。让我感触最深的是，他给我拉琴时，懂得给我的声音扬长避短。我唱《打龙袍》那段流水时，他给我拖的弦。这本是一段气宇轩昂的老旦唱腔，难度颇大，可在他数年胡琴上摸音位的日子里的积累沉淀下，竟将我这个业余票友声音的弊端，完美地被他拉琴的技艺所美化，唱起来真有顺风送轻舟之舒意。我深感他把李祖铭老师拉琴从繁到简再从简到繁的艺术高度，在日复一日的深钻苦练中，他把对琴的那份"痴"融入自己的艺术领域里。这是做一名优秀琴师最见功力的一面。

路芳和我讲，李老师拉的每个音都带着生命的气息。对此，我很有共鸣。李老师拉琴时，会把每个音都交代得利索到位，每根手指的力度也恰到好处，按压弦时透出的那种独特亮音总让我想到，想是一只能量无穷的千年神龟修成了精。这精，是对京胡的精、对艺术的精。

我想，这离不开家风的熏染，更得益于他本身的天赋和刻苦的治学精神。

闭上眼睛，用心聆听李老师的皮黄声声，音律中浮现出缥缈的山河、百花、朝霞、碧涧、流泉，在深沉的鼓声里孕育出好一派清秋光景；也看到那最忧郁的美和最空灵温柔的《夜深沉》，在闪着寒光苍穹的剑影里与鼓在板眼上应合协调的旋律中，让我似乎明白，那最动人心魂的一段人生"慢板"，他最想拉给谁听。一如我知道应该把最美的文字写给谁，难过时泪水滴在哪里一样。

不同凡响的李祖铭老师用琴弦拨人心弦，拉出声声不绝的"少年弦"——艺术人永远是少年！

糁子粥

　　每年深秋，村里百姓会包了棒子送到棒子站，剩下两口袋放入大铁盆，一家人晚上边看电视边剐棒子粒，棒子轱辘留着烧火。棒子粒晒干后，再驮着自家的棒子粒，去推棒子面。

　　冬天一到，每家外进屋的灶台大锅里早晚都会熬上一大锅糁子粥。我家也不例外，灶膛里烧着棒子轱辘，妈妈切好红薯块倒入铁锅，舀起一勺子糁子伴着大锅里的热气不断搅拌，在和点细棒子面，抓成一个团，两手把棒子面拍匀，贴在糁子粥边上，就成了椭圆形的饼子。数十年如一日，姥姥这样做、奶奶这样做、妈妈也这样做，代代相传。儿时的棒子面贴饼子是甜的，饼子脆香得很。现在可不好吃到以前那么美味的大锅贴饼子了，因为没有被糁子粥的甜香熏过，更没有经历棒子轱辘的烘烤。

儿时的冬天，妈妈早晚都要做上一大锅糁子粥，一是早饭要吃，二是兼顾烧炕。炕头烧热了，屋里才会暖和。清晨，我看着窗外晶莹的冰花；傍晚，我盯着屋里昏黄的灯泡，直到妈妈把一大碗糁子粥端上桌，才能把我的魂儿拉回来。直到现在，每年入冬我依然推点新鲜的棒子面熬粥吃。以前物质贫乏，糁子粥是家家户户的主食，现在吃粗粮居然成了养生妙方。之所以叫它"糁子粥"，是因为只有刚推出来的棒子面熬粥味道最好。再切上两块红薯和棒子面一起熬，简直成了冬日里家家餐桌上最熟悉、最幸福的味道。

给我推棒子面的大爷极有个性，他推的棒子面是方圆几十里最好吃的。两个大磨盘并排立起来，电机带动着磨盘转，棒子粒就在磨盘的碾压下变成棒子面。棒子面分两种，一种是贴饼子、蒸窝头用的细面，一种是带颗粒状能熬粥的粗面，我们都叫它"糁子"，也有叫"破面""杂活面"的。推棒子面的屋里堆放着一口袋又一口袋棒子，每天推无数棒子面，屋里落满了细细面尘。老头儿为满屋子粮食自豪，他相信：家里有粮食，身体就硬朗。我每次来到这里都会倍感亲切。没吃过刚出磨盘还带着温度的棒子面，是体会不到这种亲和力的。

老头儿快七十了，一头白发，高壮得很，推棒子面推了小三十年。年轻时，他在生产队因为一碗棒子面跟邻居打了起来，从此憋了股劲儿要开个磨坊，想吃多少就推多少。后来生产队没了，他的愿望实现了。他身体硬朗，干活麻利，亲力亲为，有时跟我说起他小时候推棒子面一个碾子围着圈地转，半天也推不了多少，现在用机器推，产量大增，真是今非昔比啊！

一个从苦日子走过来的坚毅老头儿！在那一碗糁子粥里，我看到了一个人骨子里的硬气。

京 戏

从记事儿起，爷爷、大伯、二伯就常招呼一帮戏迷朋友来家唱京戏。不仅他们好戏，我们这一大家子人都爱唱戏，一家人能演几出折子戏，虽不及专业出身，但都乐在其中。

爷爷京胡拉得响，弹月琴的四伯、打鼓的三伯，一帮业余戏迷朋友聚到一起穷开心，一唱就是小一天儿。大家伙儿的饭都归我二伯管。二伯去街里称上几斤五花肉，在院里支上灶，烧起劈柴大锅炖肉。这边唱得欢，那边炖得香。那会儿我也就五六岁，开心地在这些长辈中间疯跑。

唱得差不多时，大锅馒头和炖菜也熟了，一人一大碗，茶水伺候着。吃饱喝足后，爷爷的京胡响起，二伯唱起了《定军山》。我也学着二伯的架势比划着，逗得旁人哈哈大笑。我对京剧的喜爱便是从那时扎了根。小时候，我对戏曲的认知淡薄，觉得人多热闹，并未体味到京剧的神韵，长大后才知道遇上京剧是毕生的幸事。

待戏迷们都回家了，爷爷、大伯二伯闲下来问我，"喜欢唱戏吗？"

"喜欢。"

"想学吗？"

我睁大了眼睛，频频点头。

二伯说："那就给你讲讲戏。学戏要认真，不能三天打鱼两天晒网。"

接着，他唱一句"劝千岁杀字休出口"，我便跟着唱起来。爷爷听后笑着说，"还真有那么点味啊！"二伯说"老生也没问题"，大伯说"老旦也行"。

就这样，戏曲的根儿慢慢地在我这里扎了下来，学了《打龙袍》，再学《甘露寺》……

彼时，和爷爷、二伯学戏很有意思。我唱累了，他们总和我讲以前的事情。爷爷十七岁时在前门大街 37 号我姑奶奶的裁缝店做学徒，白天学手艺，晚上去看戏。马连良的戏一块三一张票，看得人走火入魔，多高拔的调门儿看不到马连良一点用力的样子，真叫一个享受！追忆往昔，爷爷激动满满地说："看马连良的戏，都不用听的，人一出场那就是戏！"

学徒没两三年，爷爷就去了北京市直属单位的服装厂——北京市被服厂。他肯吃苦、技术好，一天做八件棉袄，全厂独一份儿。1960 年，爷爷的名字和珠峰登山队员一同上了《北京晚报》，给厂里争了光，厂里奖励三十六元钱。那会儿的三十六元可是一笔不小的数目呢！

这时，北京两个服装厂合并，领导很是重视爷爷这个年轻骨干。服装厂当时接了一个单，要给苏联做 420 条裤子。枪打出头鸟！人太优秀就容易受人排挤，哪个小组都不愿意要爷爷这个实诚的憨小伙儿。刚巧赶上中央美院招生，爷爷很想去，又想着不能看戏了，便申请辞职。但厂里怎能放过这样优秀能干的年轻人？爷爷就找遍各种理由，没多久，厂里允许 1958 年前的裁缝师退休。就这样，爷爷"释放"了自己。

从厂里出来的第一天，爷爷就跑去看戏了，花了七元钱买了一张池座——最靠前、最中间的位置，大家都琢磨着这是谁家的公子呢！那天，爷爷看的是袁世海、李合增的《将相和》。那时看戏可是来真的，台上演员的一个眼神、一个动作都是神来之笔，过瘾得很。

爷爷那时挣的钱几乎全用来看戏了。梅兰芳的戏票一块七一张，后来涨到两块四。有一次早报上登着梅兰芳连演四天，爷爷吃了午饭，骑着车子就去买票，谁知四天的戏票全部售罄，只好嘬着嘴离开。爷爷不死心，天天在门口转悠。到第四天时，他看到报上登着"今晚加演一场《宇宙锋》"，把爷爷美得不行，立刻骑上车去买票。一路上，但凡看到火急火燎开着车、骑着车、拉着车的人，爷爷都觉得是在去跟他抢票。所幸，爷爷终于顺利买到了梅兰芳的票。那是他第一次看梅大师的戏，过瘾！看完，他意犹未尽地走出戏场，见报上登着明天马连良、李世济在中山公园上演《打渔杀家》。爷爷又高兴地贡献了一块三买了张票，觉得简直超值！如今一万三也看不到那样过瘾的戏了。

还有许多京剧大家，如李少春、叶盛兰、盖叫天、谭富英、金少山、杨宝森……他们的戏爷爷都看过，还清楚地记得当时的票价。比如裘盛戎、张君秋两人的票价仅一块钱。爷爷总是不无遗憾地说，"看过那时的戏，如今什么戏都入不了他的眼了"。这就是所谓的"曾经沧海难为水"吧！

我会唱的好几段老生戏都是爷爷、二伯教的，其中给我印象最深的是《三家店》。当时，二伯把音频资料用磁带录好拿给我。拿回家后，我趴在大录音机旁反复琢磨每一个过门，直到会唱了，就跟着爷爷的胡琴反复练习。那会儿爸妈给我买的京剧磁带、光盘真是翻来覆去地听，仅李多奎的戏就听了无数遍，越听越深，不知不觉间就陷进戏曲的沼泽里，再不愿脱身。

戏学会了，就难免生出表演的欲望，总想登台亮相，那才能真正过过戏瘾。那时，每年快到年根儿，二伯就开始招呼村里年轻力壮的小伙儿到村口学校对面的大操场搭戏台子。戏台子一旦搭起来，会一直唱到正月十五之后。

正月里，村里唱大戏真是热闹！爷爷写的红底黑字的大海报俯首皆是，村里的大喇叭再一宣传——齐活！大队里的人喊着家乡话，声音能　直传到邻村："老少乡亲们注意了，注意了，从大年初二起，咱们村每天唱大戏啊！那个什么呀……父老乡亲们都看戏来啊！去各村串亲戚的也都互相转告一声啊！都看戏来！"

彼时条件艰苦，大伯、二伯提前在学校校长室点上炉子，要招呼远道来的清唱票友们有个歇脚的地儿，还有

好几箱子的行头要拿出来挂好，有大伯、二伯合作《武家坡》《游龙戏凤》《坐宫》时穿的，还有大伯唱《玉堂春》时穿的。舞台也比较简陋，木板子搭的台子，支上铁架子，用布把台子左右两侧和后面罩起来，正面的台子上方贴着爷爷用五张大红纸写的"林城京剧专场"六字。那时可没有闪光灯，好几个两百瓦的大灯泡在戏台上下挂起，也挺亮堂的。村民们热情高涨，翘首以待大年初二的到来。不管天气多冷、雪积得多厚，只要戏台上的锣鼓点一起，大操场上准是人山人海、喝彩迭起。

　　大部分节目都是彩唱，清唱的剧目一般放到前头。我第一个唱《打龙袍》，等唱完，二伯带着妆早在后台等上了，火急火燎地拉着我快步走，边走边说："全部清唱完也就五十分钟，就是咱的《坐宫》！随后一边夸我唱得好一边赶紧带我到化妆台，给我扮上铁镜公主丫头的妆容。油彩很快打到脸上，大伯拿着一只细细的画笔给我勾勒眼睛，我则稳稳地坐着，一点都不感到陌生，反而生出一种似曾相识的恬淡欢喜。

　　二伯的气场真是好，戏服一穿立刻成了杨四郎，那段我听得耳熟能详的西皮慢板唱腔由他演绎得别有沧桑深情之感：

　　　想起了当年事好不惨然。
　　　我好比笼中鸟有翅难展，
　　　我好比虎离山受了孤单；
　　　我好比南来雁失群飞散，
　　　我好比浅水龙困在沙滩。

　　行腔吐字婉转流畅，凝神定气的样子煞是帅气。念白唱腔中，有层次、有起伏、有感情，字字精到，真是挂味儿！

卖糖葫芦的老大爷最爱来我们村，过年唱大戏人多，不一会儿糖葫芦就卖完了。妈妈提前把爱戏的姥姥、姥爷接过来，还不忘告诉亲戚，乡里乡亲的一传十十传百，结果方圆二三十里的人都赶来看戏。有男人开着"三蹦子"带着一家老小来的，有骑着摩托车载着新媳妇儿来的；有的人来看戏，竟遇到了多年不见的朋友，彼此寒暄不休；有年轻小伙儿约了心仪的姑娘来，也不看戏，只看姑娘的脸，只把人家看得害臊走开了。可姑娘走到哪儿，他就跟到哪儿，即使被冲散到人群里，一眼就能瞅到心上人，哪还有心思把戏看？挤不进戏台跟前的人，有站在旁边墙头上看戏的，还有双方搬了凳子都想占个好位置而打起来的。只见一个揪着对方的蓬乱头发，一个拽着对方的衣领子，滚打到地上一身土，不一会来了劝架的，把这俩打架的骂一顿，双方都老实了，彼此规整规整衣领，互相瞪一眼，继续看戏……

我穿着小戏服，站在他们侧旁，饰演着小丫头，好不神气，那时我就十来岁，大伯饰演的男旦铁镜公主，在好几个两百瓦的大灯泡照耀下，照得大伯头上的钻和配饰金光闪闪，他们身上穿戴的五颜六色的簇新的行头，在看向"杨四郎"头上一动一动得那两个绫子，让我觉得更加神气。

听着二伯和大伯一唱一和的流水，"我和你好夫妻恩德不浅……"台下的老百姓也都伸长了脖子听得入迷。那种血脉相通的浓重浑厚，内在精微的东西，在头顶星辰的夜空里，给我幼小的心灵中慢慢积蓄着无边的能量。

不断的登台也锻炼了胆识。我童年的春节中，是和爷爷二伯大伯各个村子赶场中度过难忘的一年又一年，我看着他们在台上演绎的悲欢离合，也看着台下不同的人生际遇。

台下老百姓那些看戏热闹场面，我在台上看得明白，时隔多年，想起台上台下打成一片的场景，让我不免感觉到幸运，幸运能经历到戏曲曾经的那个尾巴，而且只有在乡村才有这样热闹的戏曲尾巴。

二伯的《坐宫》唱得精彩，那一句叫小番，行腔吐字，嗓音透亮，一气呵成，气势声洪。爷爷的胡琴配合得默契，听着就让人顺气有冲劲。

目若朗星的神气做派，显得二伯挺拔精神，引得台下人们叫绝不断，鼓掌热烈。台下人用热切的目光看着台上，那疯成一片的欢呼，是人们干了一年的农活，在正月里得到极大地释放和享受。

随着文武场的紧密配合，二伯那一句叫小番，和曾经的那些人那些事，一起刻在了记忆的最深处。

二伯的戏唱得好，是在他十几岁时，村里来了一位气度不凡的男子，自称徐先生，在我们街坊的旧房子里住下，那人爱京戏，文武场精通，不是一般的懂戏，京胡拉的也好，教会二伯和大伯好几出折子戏。教我爷爷拉京胡，教弹月琴的四伯和打鼓的三伯，都是他手把手提炼出文武场的，这位徐先生在村子里住了五六年，只说戏其他一概不言，二伯没少跟他学真玩意。后来徐先生还指导着村子里爱唱戏的人们，排了好几初大戏，并成立了戏班子。

戏班子成立那天，徐先生和他的"学生们"喝多了，说到那天演出文场的鼓点儿时，徐先生一杯酒下肚，眼里放着光，骄傲说道："咱们沈爷是教光绪皇帝打鼓的"。沈爷难道就是沈宝钧吗，"六场通透"的徐兰沅琴师可是和沈宝钧学习过打鼓的，那这位徐先生到底是什么来头，让爷爷大伯二伯至今摸不着头脑。

有一天风雨交加的夜晚，一辆大汽车开过来，把徐先生接走了，再也没回来。有人说他去了台湾，也有人说他去了香港，不得而知。

后记：

如今，二伯八十了，大伯八十三，爷爷八十三。岁月从没削弱他们的精神头儿，个个腰板挺直，说话有板有眼带着京韵，依然活跃在舞台上。只是爷爷拉不动了，每天画画修身养性。大伯十多年前闹嗓子，从那以后告别青衣演唱改打鼓。二伯彩唱《白帝城》时，一样堡头；彩唱《苏武牧羊》时，手持节杖，跪着唱完那段心念国家不能回的悲凉之词，入戏极深，深到骨子里。他们用尽一生诠释着一出出硬骨头的老戏，是要多大的耐力和热爱啊！

京津冀的业余戏迷票友每次来，还会一唱一整天。二伯高兴，依然会用大锅菜招呼着，几十年如一日。我一直认为是京剧成全了他的好体魄。我记录着他们和戏的缘分，也见证着他们穷此一生演绎的那句话：迷上戏就是一辈子的事！

旧 香

迷恋茉莉花茶真是由来已久的事情。

我生于北方，打小和爷爷、爸爸喝的就是茉莉花茶，尤爱"张一元"家的。那时所谓的茉莉花茶就是"高碎"，即上等茉莉花茶的碎茶。别小看这碎末，沏出来汤色浓郁，入口有历经世事的甘美醇厚感。

从记事起，就见爷爷每天清晨在开满红花的石榴树下支上圆桌，又从屋里印有山水柳枝图案的红色铁茶盒里，抓一把"高碎"，放入红花喜字的大搪瓷缸子，端出来放在桌上，沸水冲泡，沏得满满的。稍待片刻，抿一口茶汤，爷爷满意地点点头，冲我吆喝："慈子，过来，喝口茶！"爷爷端着大茶缸子，我的小手抱着茶缸身，下巴刚好到桌面。我喝了几口，看着石榴花道："爷爷，有点儿烫，有点儿苦，还有点儿香。"爷爷哈哈大笑，悠然坐在竹木椅子中，那一瞬间是那么安宁与祥和。

茶喝得差不多时，爷爷走到画案旁，戴上老花镜，俯着身一笔笔勾勒出一幅幅美妙端庄的仕女图。画累了，就闭目养神听着匣子里的戏。赶上有朋友来，爷爷也照样给对方沏上一大搪瓷缸子"高碎"，寒暄着："茶不好，凑合喝！"这种平易近人的谦虚无形中一直影响着我。

爷爷与朋友坐在院子里天南地北聊着天，不时传来一阵阵开怀大笑声，不忘说道："喝茶，喝茶。"我听不懂他们说的那些，觉得很高深，便望着石榴树上青青的果实，暗暗思忖着什么时候能吃到甜石榴……

一大缸子茶喝到一半，爷爷起身，见炉子里的煤球快烧尽了，麻利儿地给添上一铲子新煤球，提起冒着热气的绿铁壶，往两个大搪瓷缸子里续上开水……直到茶喝得透透、天聊得透透的了，友人才不舍告辞。匣子里的戏终于传来节目终结的"唰唰"声，爷爷才关灯睡觉。在有茉莉花茶陪伴着的岁月中，我越大越体味到"开门七件事"中的"茶"字是怎样一种真味。

后来长大一些，爸爸常带我去马连道，买各种各样的茶。但印象最深的还是爷爷领我去大栅栏那次。他先让我挑了一串糖葫芦，我开心得蹦得老高，然后陪爷爷到"张一元"茶楼称上二斤茉莉花茶。爷爷驻足茶楼门口，我见他背着手，望向高高的牌匾若有所思，眼神中掺杂着说不出的百味，停留片刻后，才迈进茶楼。那时，我还不懂爷爷的眼神里藏着怎样的情感。如今，我已近不惑之年，才敢说能慢慢看懂爷爷苍老的灵魂。人生如茶，世间百味全都在那一碗"高碎"的浓深中。

高品质的茉莉花茶"高碎"不易买到。"张一元"的"高碎"是好喝，可总是断货，一到货就会被好那一口的人抢购一空。以前十五元一斤，现在三十一斤。老一辈人喝惯了"高碎""高末"，少了它仿佛生活中就少了些滋味。那一辈人柴米油盐酱醋茶中的茶，喝出了岁月真正含义与烟火气。

　　爷爷十八岁时，闲暇之余去看李少春的猴戏。戏散场，他摇头晃脑地走出戏场，见门口有两分钱的大碗儿茶卖，便端起一大碗大口喝下去，饮甘露般畅快。爷爷和我讲这事时，我的小收音机里正放着带着琴书韵味的《前门情思大碗茶》："我爷爷小的时候，常在这里玩耍……"前门街巷曾经的茉莉花大碗茶如今早被各种包装时尚的饮料取替。如果还想体会儿时喝大碗茶的情景，可以去和平门附近的老舍茶馆。茶馆门口还可以喝两分钱一碗的大碗茶。

　　比起现在让人眼花缭乱的摩登"伪茶"，我只想在茉莉花茶的世界里喝上那口醇香。

　　饮茉莉花茶的习俗可追溯到宋代，中兴于明代。当时，王爷朱权喜欢喝茉莉花茶，有史料详细记载了茉莉花茶的窨制方法，这让我心里好开心，到底推翻了"茉莉花茶不是茶"的谬论。其中有一句更是深得我心："其茶自有香味可爱"。这茉莉花茶香想必也给王爷带来了不一样的感受。画像中的朱权王爷生得一副谦谦君子相，也散发幽幽的茉莉花茶气息。

如今，我仍会去大栅栏挨着"瑞蚨祥"的"张一元"茶楼，去看、去买茉莉花茶。"高碎"还是总断货，看到四川小叶茉莉花茶新上市，自然会欣喜地尝尝，再称上半斤，回家用喜欢的茶器沏来喝。香是香，就是少了"高碎"的浓厚。看来，"张一元"茶楼的茉莉花高碎是无可替代的。

前几日，四川朋友给我寄来茉莉花茶，是老制茶人用峨眉山的明前嫩芽纯手工炒制的。她告诉我："茉莉花要在三伏天的正午采摘，一遍又一遍窨制，最多窨九道工序，才可窨出最深茉莉花香。"我是用盖碗冲泡的，水温八十度左右，高冲低斟是我喜欢的泡茶方式。茶汤呈明亮的淡绿浅黄色，数泡后茶香犹存。这一泡茉莉香和茶汤在一起，竟有一种一见钟情的感觉。

日本茶人千利休说："一想到她，连土墙都熠熠生辉。"这就是所谓的摄人心魄吧。茉莉花茶的香，在我心里就是茶界美学中那一抹令人心动的"无上味"。不管是

"高碎""高末"，还是上好的高级茉莉花茶，都有着任何茶叶无法替代的独特气质。

这平凡不平庸的茉莉茶香，沁人心脾般温了心，暖了胃。

草　语

秋日里，我喜欢从一大丛一大丛的狼尾草中穿行，边走边仰望蓝天。晴空如洗，让人的心魂肺腑多了一片澄净空明。

秋风，从狼尾草身边穿过，如此蓊郁。我追着秋风的尾巴，滑起滑板，仿佛回到少年时，做一个酷酷 ollie 动作，飞快穿过狼尾草，听它们发出沙沙的声音，划过我的指尖，享受那种自由飞驰的快感。

那一丛丛狼尾草也仰望着高空。它悠闲、安宁，仿佛有治愈身心的强大能量；它葳蕤、葱绿、澄明，似参透了天地间的辽阔与精微，与自然合一，成为秋天爽朗的一丛生机。

这些不被人关注的草们独自生长，势不可挡。它们想要生长成为自己心中最美、最坚贞的样子，并得到了光阴的认可。它们的惊奇之美与清新之味，给了秋天一个最朴实、最美好的交代；它们的旺盛与成长，也给了天地光阴一个坦然恣肆的交代。

日月星辰、风霜雨雪、云霞露滴、天地鸿蒙，它们都会记住这些植物。天地自会给一切成长正名，名正而言顺。

四季轮回中，万千植物未必会被所有人记住，可曲折漫长的岁月怎会不知晓它们曾肆意绚烂过？这不仅是自然的规律，也是人生的不同历程。一步步走来，带着自己的梦想和那些有趣好玩的审美趣味走过来。在这个过程中，我们不断加深对人生、人性的理解，或是在一定程度、范围内开悟、顿悟。

我与滑板和风一起慢下来，看着一丛丛的狼尾草，心中的某处突然变得柔软起来。它们好像有许多话要说，却都在秋风的吹拂下无言地被吹散。

我把滑板放在身边，坐下来看着它们，又感到它们彰

显了一种豪迈风韵，像书法中的一片片飞白，比如米芾，比如王铎。

草木也好，人也罢，如果灵性被天地鸿蒙催醒生发，会越来越明白自己是谁，好像一个生灵有了自己的名字、形状，从此之后，他会越来越知道自己想说什么、想表达什么，这是一个自然天成的过程。

进入秋天，进入这通透遥远的空间，你才会看到天地之间无论长于哪里的草木，都成了自己最想要的样子和天地自然最吻合的样子。

我站起身，和曾经的滑板车一起，去追回少年的风。

我爱你塞北的雪

有人唱，我就听着。家庭卡拉 OK 给我们带来很多快乐，舒活了心绪，却也平添了些许烦恼。这些"麦霸"时常凑到我家一起唱歌，一唱就到深夜。西街坊星爷爷拉了一辈子京胡，一帮戏迷朋友也会凑到他家，一唱就是一天。爱京剧的星爷爷是极其排斥唱歌的，妈妈那一句"啊父老乡亲，啊父老乡亲……"震得我家大瓦房的两层厚玻璃和窗户框哗啦啦响。这时，会把刚入睡的星爷爷吵醒。他便气冲冲地找到我家，禁止他们再唱下去。于是，几位"歌唱家"放下话筒，索性坐下交流起来。爸沏上茶水，大家一起探讨唱功的问题，说到兴头上难免声音又大了起来。这回，星爷爷不敲大门了，改成蹦墙头，把他家东墙头蹦得咚咚响。第二天，我家还没起床，星爷爷一大早又来敲大门了。爸爸赶紧起来，乐呵呵地邀请老爷子进院，老爷子铁青个脸严肃地说他一宿没睡觉，让我们以后别唱了，再唱就砸玻璃了。爸妈点头答应着，深感过意不去，给星爷爷又做了一身中山装送过去。星爷爷穿上很合身，还穿着那身中山装到县里演出过一次。

小时候常听妈妈唱一首老歌——《我爱你塞北的雪》。猝不及防地又听到这首歌，缕缕思绪又把我拉回二十多年前。

20 世纪 90 年代初，家里那台 14 寸日立黑白电视机每天都能传出歌唱家们荡气回肠的声音。每到此刻，全家围在一起，妈妈便放下手中的活儿，听着电视机传来的动听歌声，陶醉其中。妈妈爱唱歌，嗓子极好，一首《父老乡亲》唱得浑然有力。我会唱的很多老歌，都是从小听妈妈唱听会的。

90 年代末，村里家家流行家庭 KTV。爸妈又换了32 寸的大彩电，还买了一组当时全村音质数一数二的音响。每天忙完工作，妈妈就把唱歌作为放松身心的日常，家中光盘就攒了好几柜子：张也、郁钧剑、董文华、蒋大为……无不如数家珍。我听爸妈每天唱《敖包相会》《莫斯科郊外的晚上》《父老乡亲》《我爱你塞北的雪》《长城长》……

时间一长，村里的好这口儿的大伯大妈们也都知道爸妈爱唱民歌，自然就凑到一起唱，既热闹又能相互交流。其间，他们结交了很多爱唱歌的朋友。

过些天，几位大伯大妈又凑到一起，爸妈就忘了答应星爷爷的事。妈妈唱起《望星空》，两句没唱完就刹不住闸了。爸爸把音响调到适合妈妈的高音位置。"谁知，既没有敲门声，也没有听到墙头咚咚响。有一次大家又唱到很晚，老爷子也没砸窗户玻璃。

试想，在农村炊烟袅袅的夜晚，漫天星空，树叶婆娑。一户院子里，透过灯火通明的玻璃窗，几个爱唱歌的人坐到一起，都盯着那个拿着话筒的人，唱着大家都喜欢的《望星空》，是怎样的一幅"农人过上好日子"的幸福画面！可能星爷爷听到这首歌时，也会被感动吧！后来，星爷爷居然也爱起了民歌，见到爸妈，还不忘夸妈妈唱得好。有次我放学回来，传来西院星爷爷京胡版的《望星空》。我靠近西墙头听得入神，这种与众不同的感觉还真不错。如今，这奇曲也听不到了。星爷爷离开我们都快十年了，可那京胡版的《望星空》仿佛还在昨天响起。

街坊四邻就是这样相互包容、相互感染，建立了深厚的感情。

后来，妈妈这帮业余歌唱者组织了一个团体，逢年过节会在村里整一场歌舞表演，每个人都可以展现自己的歌喉。那是一个冬天，快轮到妈妈表演了，天空中竟真的落下了雪花，应景得很。只见妈妈沉静地登场，头发被高高盘起，珍珠胸花在胸前闪耀，一身藏蓝色毛呢大衣配黑皮鞋，气质优雅。一首《我爱你塞北的雪》唱得婉转清亮，透出霸气的舒展流畅，让台下的观众赞不绝口。

一首歌词曲好、配乐好，不一定会打动触及内心最柔软的部分，可当你经历过歌中描绘的那种情境，那一片轻盈的雪花落在你的衣肩上时必然会感同身受，洋洋洒洒从此再也忘不了这段旋律。

梦里枣花开

　　每当生活得特别累时，我就常常细数从前，想起家中小院里的枣树。眼前只要浮现这片树影，疲惫的心即刻就能得到疏解抚慰。何况那时家中有两棵枣树，前院一棵，后院一棵。它们前后呼应，摇曳出影影绰绰的一朵朵祥云、一片片瑞气、一道道灵光，一天天护佑着我少年时那片小小的天地与纯真灵妙的光阴。

　　前院的枣树年代久远，从树根底部就分成两个大杈，似一对恋人心心相印、息息相通。十一岁那年，爸妈重新翻盖房子，由于建筑格局的问题，包工头儿建议爸爸刨了

119

这棵长了近百年的枣树。老爸坚决反对，商量了许久，不得已截去了朝正房生长的那个枝干。枣木质地密实坚硬，爸爸用锯齿拉了好几天才割断那个树杈。他是重情惜物之人，忍不住说道："舍不得，真舍不得……"

这对树杈恋人从此分离，留下的那一边枝繁叶茂，从此看起来很孤独。好在不管如何陪伴，我们的枣树总算留下来了，却像伤了筋骨的老人，有两年的时间没有结枣，叶子也大多枯黄了。为此，我难过了许久，始终不忍看它落寞憔悴的样子。后来，在爸爸的悉心照料下，第三年它竟奇迹般地重新活了过来，焕发出生机。叶子水光嫩绿，结的枣儿比三年前还要香甜，一副愈挫愈勇的样子，难道这树真的有灵性？

后来听爸爸说，这棵枣树是爷爷年轻时从老祖住的院里挖来，栽到我们这儿的。可见老爷子爱吃枣的程度有多深。然后，爷爷也爱吃，爸爸也爱吃，一直传到了我这里。

我常常欣慰地端详着它斑驳的树影，凝视着它倔强老成的身姿。无数个晨昏，它都默默护望着我家这个有着近百年光阴的静谧小院。

后院那棵枣树年龄小，是我读小学二三年级时爸妈从姥姥家挖来栽到后院侧房附近的。记得刚种上时只有拇指一般粗，我还给它浇过好几桶水。两年有余，小枣树就结枣了，个儿大饱满，足有四五厘米长，熟透时红得发亮，口感脆甜，家人都叫它"麻叽枣"。

少年时，我最喜欢看五月枣树枝上开出的小枣花，细细小小碎碎念，令人心生怜爱，团簇在一起像极了和睦相处的一家人。院子里的月季大红大粉开得热闹，我却不喜，反而是这小枣花飘出淡淡的清香，沁人心脾，勾人心魂，使我陷入长久的迷醉中，流连忘返。那时每每放学后，我总喜欢拿个小方凳，在月台上写作业，为的是一抬头就能看见那片小枣花。它们如此清新，零星飘落，好像在向我诉说："要朴素、不张扬，平平淡淡即是无上的美妙。"

不知多少次闲暇无忧时，爷爷在枣树下拉起京胡，我跟着唱《霸王别姬》《打龙袍》《穆桂英挂帅》……枣花儿香，戏韵长。每次我都能唱到枣树那样高，曲的韵升华着枣花的香。这些枣树就是我最忠实的听众啊！它们懂得在幼小心灵中萌生传统文化的种子是多么的可贵。

　　爸爸是乒乓迷，教会我打球。我参加了很多比赛，磨炼了心智。妈妈特意留出两间小院前的门脸房，摆上乒乓球台，供爸爸闲暇时打球锻炼。他因此也结交了不少球友，常常在一起互相切磋。每次打球累了，爸爸总会坐在枣树下，泡上一壶热茶，和球友们闲聊，一阵阵爽朗的欢笑声不断。我在屋里画画或写作业时，总会被这笑声所感染，不自禁跟着喜悦起来。

　　七月十五枣红圈，树上的枣子渐渐熟了、红了。打球的左撇子"瘦猴叔"总是踮起脚尖摘上几颗吃。他一脸知足的喜悦，眼睛眯成了缝儿，嘴里"嘎吱嘎吱"的，赞不绝口道："这枣儿真甜，真甜！"他那少有的甜蜜劲儿至今还历历在目。长大了，再也没见过他像那天那样一个人站在枣树下发自内心地欢喜。多好啊！几颗甜枣儿就能让人堕入幸福的云端。

　　八月十五枣落干。每到中秋，妈妈在厨房里用大锅小盆慢炖着鱼和排骨，整个小院都弥漫着浓郁诱人的香味。爸爸带着我们，拿着长长的竹竿，喊着："慈子，洁子，竹子，打枣了！"我们三姐妹欢快地答应着，像小麻雀一样"唧唧喳喳"叫起来，拿着大盆小盆冲了出来。一竿子下去，满地落的都是红亮溜圆的大枣，丰收喜悦之情溢满小院，我们一边捡一边感觉自己的味蕾也在不知不觉中绽放了。我是三姐妹中最馋的，忍不住挑了一颗又红又圆的枣儿塞进嘴里，嚼着脆甜甜的枣儿，心里那个美啊，情不自禁地哼起小时候妈妈教我唱的小曲儿："幸福的花儿心中开放，我们的生活充满阳光……"

可没过多久，爸妈为了让我们三个孩子过上更好的生活，毅然来到北京闯荡。我们姐妹也相继来到这座我并不太喜欢的城市读书生活。虽然老家离北京不到两小时的车程，我却依然感觉离家很远。因为这里没有枣花的清香和小院的安宁温馨。那座小院里有我少年时的喜怒哀乐，枣树下的光阴也渐渐磨炼出了自己的心智情态。

偶尔回去再看那棵枣树时，发现爸爸的乒乓球台落满了厚厚的灰尘，早已不复存在于现在的光阴里，不由得多了一层薄雾般的凉意和落寞。

已想不起来究竟有几年没去后院看那棵小枣树了。不是不想看它，而是不忍看它，怕见到它后潸然。想必，它经历了这些年的风霜雨雪后，长得又高又壮，结了更多的"麻叽枣"，也练就成一番傲骨吧！

一晃二十多年过去，如今爸妈早已搬进有温泉地暖的新房。犹记得十年前，拆迁搬新家时，我迫不及待地跟爸妈说："咱家那两棵枣树得找地方栽上，我们不能没有枣吃。"父母默许的那一个点头，犹如昨日。

后来，小院没有了，枣树也没有了。再后来，它们转生到了我梦中的田野，我常常去看它们，带着今生"又见炊烟升起"一样的淡淡乡愁。

空明香透共此时

　　入秋后的堂前月色下，栀子、金桂散发出悠远静心的香。秋露沾巾，在丰收的喜悦里自带有一种独特丰润、饱满，每一处看起来都让人心安。

　　枣红了，石榴红了，瓜果透出甜蜜的汁，土地里的花生、百合、玉米都纷纷跳出来，让我们一览秋的丰盈。如此动静相宜的好时节，能不让人爱吗？更可爱的是，这八月十五秋思霄净中的当空皓月和盘中秋溢澄欢、秀色夺人的各式月饼。

　　老一辈人过中秋很是讲究。有钱人家请角儿来唱堂会，从八月十四就张罗着"迎月"，八月十六还要正式"送月"，热热闹闹过上三天。宫里的慈禧太后更讲究，从八月十三就开始迎中秋，那阵势排场了得，一直热闹到八月十七才消停。

十多年前的那年中秋，我在故宫东华门护城河对岸的一家做宫廷菜的国营食府实习。印象最深的是糕点房老师傅做的正宗京式"自来红""自来白"月饼。听老师傅讲，每年中秋前一个月，他们就开始加班赶制"自来红"了。许多人会提前预订这一口儿时的记忆。馅料都是选的新鲜食材：新疆运来的葡萄干、千柏山的冰糖、平谷的桃仁、承德杏仁核桃仁、河南的芝麻、四川的桂花、东北的花生仁、师傅自己做的青红丝和瓜子仁。单面就用好几种醒法。我恍然大悟，原来小月饼里竟然藏着这么多的大学问。

此前，我对这种烤得圆圆的，上面有个红圆圈，圆圈里戴着朵小红花，还有两个小孔的"自来红"月饼感觉

一般。小时候也吃过"自来红",印象中口感有点硬,不好吃,觉得像过期食品。后来,爸爸的杭州朋友每到中秋会送我们月饼礼盒,我有幸品尝到了从未吃过的好口味:椰蓉、凤梨、蛋黄、腊肠、火腿、抹茶、榴梿、玫瑰、冰皮……不仅包装精美,馅料又软又甜,美味得很。我也算是尝遍天下月饼了,广式的、苏式的、潮式的、滇式、港式的,花样翻新的月饼固然好吃,可吃多了胃却不舒服,感觉太甜腻。后来,我就不怎么吃月饼了。直到在食府糕点房看到一口京片子的老师傅制作"自来红",用香油和面,用二十多种食材制作馅料,不由心生敬服。刚出炉的"自来红"真是香!老师傅递给我一块儿,热情道:"丫头,快尝尝!"这月饼入口香酥,桂花混着果仁越嚼越香,嚼到冰塘渣还会发出"嘎吱嘎吱"的声音。我一边吃一边打趣道:"嗯嗯嗯,比您做的芸豆卷、豌豆黄都好吃!"打那以后,我再也不敢小瞧这种貌似普通却绝不普通的"自来红"月饼了。

每至中秋前,食府就忙得不可开交。食客们吃完宫廷菜,会点名要这道"自来红",吃不够还要兜着走,嘱我一包包给他们装好。一位老干部兴奋地说:"我家老爷子就好这口儿!"瞧着他们拎着月饼满意地走出门,我的心里也乐开了花。糕点房老师傅骄傲地说："年年如此，谁让咱的'自来红'做得地道呢！"是啊，百年传承的手工技艺又怎能是现在快餐式的花样月饼可以比得上的！更不要说那一个神奇的"魔水戳"。

　　记得某个中秋节前，一位书法家来食府品尝御膳。当时，他正认真地和几位同来的学者探讨书画展的成效，我刚好提着一包月饼往大厅走。书法家叫住我："丫头，你拿的是'自来红'月饼？"见他眼含期待，我便说："是的，老师。这包是给外面一位客人的。您稍等，我让糕点房再给您拿一盘尝尝。"当那盘"自来红"上桌后，书法家难掩激动的面色，竟泪光闪闪地拿起月饼说："这可是我当年挨饿时吃到的最好吃的月饼！"语毕，他邀请几位朋友都来尝尝。只见他一口咬下去便赞不绝口道："没错！就是这个味儿！比当年的味道还好！"见状，我真为他开心。岁月沉淀的万般滋味全在这一块小小的月饼中，的确令人泪目。他激动问我："小丫头，有笔墨纸张吗？"我直言："没有！"现在想来，真是悔之不迭。早知今日这位大家一个字就动辄好几万，我当时真应该飞快跑去对面画廊借一支毛笔来。

　　食府糕点房老师傅用猪油做的"自来白"月饼也很可

爱，白白的饼身中间点个红点儿，瞬间就变得十分生动。但它的馅料不如"自来红"种类多，但各得其味，忠实的食客也很多。

前几日，成都好友给寄来 Awfully chocolate 的月饼，木质的外包装一眼看去就高级得不得了。以前，我或许会喜欢这样奢华精致的包装，现在却会痛心资源浪费。好大的盒子里就装了四块月饼，其中有一个口味记得好像是布朗尼与南瓜子黑巧，口感温润绵密，给人一种爱意浓浓的感觉。即便如此，还是觉得如此兴师动众的包装太过奢靡。我更欣赏苏东坡跨越千年留下的那句："小饼如嚼月，中有酥与饴。"不经粉饰的美味才够纯粹，才够让人惦念得百转千回。即便是咬一口就掉渣子的月饼，也是叫人垂涎的。

苏式月饼就掉渣子，但真的好吃。今年，我特意定了一些老手艺人纯手做的少油少糖的苏式柴火月饼，馅料用的是紫苏豆沙和茅台五仁。那口感深得我心，透着老底子的味道。我还特意订了厚厚的牛皮纸，一包八块，再在上面盖一层红纸，用麻绳系好。若再讲究一点，可把两根长出来的麻绳一编，系在旁边的绳子上，拎起来更方便。忽想到儿时爸爸带着我去走亲访友，我坐在他二八自行车的大梁上，车把上还挂着一包称好的二斤月饼。我看着手里的那包月饼，重温了一回这恍如隔世的美好。

今年中秋，我也会看望我的老友。我们会一口茉莉花茶、一口月饼，聊着志同道合的话题，享受彼此的陪伴。他们不会计较这月饼的包装不上档次，懂得这馅料里的真。人们似乎已经远离简单朴实很久很久，我现在只想用最纯粹的方式和家人师友吃一块一切四瓣的圆月饼。我会连月饼渣子都吃掉，就像姥爷当年那样，吃完一整块月饼，再把纸包里的渣子一股脑倒进嘴里。吃过苦的人，不允许有一丁点浪费。

中秋月圆，月饼也圆，这圆应是圆起圆收。走到秋天，该有的收获都有了，就像人到中年该见的世面也见得差不多了，性格也随之变圆了，不再计较，包容更多。在追叹那些思念、惦念、疼痛与离殇时，那些人情冷暖、世态炎凉在心中已然变得平淡，只想慢慢收个圆场，因为没有什么比往回收一下，让内心更踏实、更圆润。

你看，月亮多圆，星星多亮，我们的心有多真！不管今夕何年，我心依旧。那一轮圆月的妙处就是让人心更近了。中秋夜，伴着栀子金桂飘香，以虔诚之心焚香拜月，再吃一块儿一切四瓣的圆月饼吧——你不要缺席！

裁缝老雅

四十多年前，一位十七岁的小伙子从他技艺高超的父亲那里学得了一手服装裁剪的好手艺，村里人对他做出来的活计赞不绝口。因他不爱说话、见人又爱笑，大家都热情地叫他"老雅"。

老雅成家立业后，不仅做衣服，还卖布料。两口子每次去轻纺城进货，都对布料的选择慎之又慎，进回来的货色好看又有质感。老雅媳妇待人温热，有气质，一头乌黑的秀发高高盘起，散发着东方女性之美。每次进了新花色的布料，老雅会先给媳妇量身定做一身得体的衣服。

四季轮回中，老雅媳妇穿的服装款式，无论旗袍、长裙，还是呢子大衣，总被村里村外的女子追捧仿效。老雅不仅手艺好，人还实诚，方圆几十里的人都愿意找他做衣服。

剪刀下的日子

邻里老爷子们进进出出穿的皆是老雅量身定做的中山装，那样好的手艺，做一套才收二十五元，一条的确良裤子仅收五元。如果和来客聊得来，实诚的老雅甚至分文不收。他媳妇不乐意，做半天衣服不收钱，养孩子、过日子、吃什么、花什么呢？老雅却不以为意。

老雅爱琢磨事儿，尤其对手艺方面的创新，买的裁缝书就好几箱子。这些书给老雅带来了不少设计上的灵感。那时，年轻人都爱找他做衣服，而他交出去的活计也总让他们眼前一亮。年根儿前，找老雅的人尤其多，有赶制新衣的、修衣角边的、砸被罩的，还有年关难过一把鼻涕一把泪找他掏心窝子说话的。老雅总是来者不拒，用心倾听，经常忙得忘了吃饭。也不知老雅为乡亲们赶制新衣熬了多少个夜晚，那铁熨斗为乡里乡亲熨平了多少心内心外的褶皱。

20世纪80年代末的一个大年三十，家家户户都在看春晚，老雅蹬着"牡丹牌"缝纫机给邻家叔婶们赶制大年初一一早串门要穿的新衣服。老雅媳妇则钉着新衣服的扣子、迁裤边，拎着又烫又沉的烙铁熨烫着一件件新衣服。听到电视里传出《冬天里的一把火》的旋律时，老雅接过媳妇手里的烙铁，熨起裤子，一下子腾出一股白烟。因为那"一把火"听得入迷，烙铁把裤腿烫出了一个窟窿。媳妇急眼了，老雅倒是心宽，"裤子糊了只能重新做一件"。他安慰媳妇说，"幸亏烫糊的不是上衣！"都知道过年忌讳拌嘴，两人相视一笑也就过去了。

年过了，正月是老雅家最清闲的时候。他终于能做一些自己喜欢的事情了，打乒乓、唱大戏、画幅画。闺女总跟老雅说："咱家要是总这样过该多有意思啊！"他笑着数落闺女傻："老这样，咱们就喝西北风了！"闺女不知西北风怎么喝，但渐渐长大的闺女还是觉得过日子总要拣些好玩有意思的事情做，才对得起人生。

裁缝里的日子

正月里的活计少，老雅让闺女在裁缝书里选喜欢的衣服款式。衣服做好后，他便把平时裁剩下的一筐布头翻腾出来，把一块块颜色各异的布头拼接起来，用棉花填充，做了一个草绿色小鸭子和几个酒红色、黄色的小蘑菇，钉在衣服背面和衣兜上，让整件衣服更显童趣。闺女穿上新衣服，左邻右舍的小伙伴无不艳羡，羡慕的不仅是衣服好看，更羡慕她能有个巧夺天工的妙爸爸。

开春，老雅设计了一款新式阔腿裤，小伙子们都争先恐后地排队找他定做。他们穿上老雅做的阔腿裤，神气地走在大街的土路上，唱着当时小虎队最流行的歌："把你的心我的心串一串，串一株幸运草……"他们也确实获得了幸运，把幸运变成一道道亮丽的风景，点缀了整个村庄。老雅的改良阔腿裤确实影响了当时方圆数十里的年轻人。记得有位二十出头的小伙子穿着他做的阔腿裤去相亲，回来的路上特意去小卖部称了二斤五香花生米和二斤鸡爪子，捎上一瓶二锅头，来找老雅喝酒。小伙子一本正经地跟老雅说："叔，你都不知道，我一眼就看上那姑娘了，一看就是通情达理的人，可姑娘的父母没看上我。姑娘也中意我，我俩聊了一个多小时。她说我这裤子特别，我就趁热打铁跟她约好明天下午去他们村东头的小树林散步。"老雅为小伙子开心，笑着点头。两人干了一杯，又吃了几口花生米。小伙子若有所思地跟老雅说："叔，再给我做一身阔腿裤、马甲搭配着穿。这衣服走路带风的感觉实在是好。"说着，他就给老雅酒杯里倒满了酒。两人啃着鸡爪子，又各自喝了一口酒。老雅为小伙子遇到心上人开心，索性说要送他一条阔腿裤。小伙子开心得眉毛上扬，仰头又是一杯。老雅悠闲地吃着花生米，见小伙子又有点紧张，原来，他想让老雅给出出主意，明天和姑娘在村口约见时应该说些什么。老雅媳妇看了老雅一眼，心疼他做那条承诺了的阔腿裤最少要花两天时间，又忙着把炒锅里的土豆丝端上了桌。老雅与小伙子你一口我一口，不一会儿就喝下一瓶二锅头。

不出三月，贤惠漂亮的姑娘就和小伙子订了婚。小伙子穿着老雅给他新做的阔腿裤，带姑娘来看他。这对情侣走后，老雅骄傲地蹬着缝纫机子对媳妇说："看了没？人靠衣装马靠鞍，一身好行头就是不一样！你说我这功劳多大？"老雅媳妇点头认同，又看着缝纫机上的旗袍半成品，催促道："人家小伙子会哄媳妇。快点，下午东家婶

子来拿旗袍，明天早晨她还得穿着新衣给邻村老张家接
亲呢！"

旗　袍

　　老雅做的旗袍确实俘获了老中青三代的女人心。爱美
的女人结伴来老雅家选布料，让他给她们量身做旗袍，每
一件都被老雅赋予了不一样的味道。老雅看着诸位婶子大
妈高兴地来、满意地去，缝纫机头上轴线里的棉线越来越
少，就是他最有成就感的时候。

　　老雅的尺子量得多了，眼力越发精准。他那聚光的
小眼睛只要看一眼来客，不用尺量就对三围数字了然于
胸。熟客里有一位胖大妈，人长得高高壮壮的，目测得有
一百八九十斤。她说话大嗓门，找老雅做了不少衣服。老
雅对她的尺寸再熟悉不过。有次，她要做件旗袍，一再嘱
咐要那种淑女款的，能勾勒出身段儿，口要开到大腿根
儿。老雅媳妇看着膀大腰圆的壮女人认真地说："妹子，
你腿长也不能开到这里，村里人会说的。"对方睁大眼睛
道："没事！都什么年代了，咱要的就是那苗条淑女的感
觉。"老雅闺女那时也就八九岁，在走廊看到她们唠嗑

儿，没忍住笑出了声。小孩子的记忆力是惊人的，曾经的那些人、那些事在大人们的不经意之中，很多都印在了老雅闺女的心里面。

初秋下过雨的一个午后，一位神态安静的女子抱着一块布料进院询问老雅家的住处。老雅媳妇热情地迎她入门，一看就知道对方不是本地人，一种江南女子独有的温文尔雅，看到她感觉内心都淌出一汪清水秋露来。

女子个子不高，清瘦白净，不长不短的秀发自然散落在肩头，举手投足端庄大方，说话慢声细语，透着优雅。她从包中拿出一本杂志，翻开其中一页。页面上的模特身穿一身到脚踝的中式长袍。女子问老雅能否给她做这款衣服。老雅把卷尺挂在脖子上，看了看杂志中的模特，又看了看眼前这位女子，半晌，点了点头。女子展开一块两米多的深绿底印梅花图案的蚕丝布料，滑滑的，垂感极佳。老雅媳妇忍不住在一旁赞着面料好。老雅拿起布料端详了一番，又放到藤椅上，和女子沟通着服装的细节，又拿起软尺给她量定了尺寸。

时隔多年，老雅闺女还记得那块绿衣料，像是恭王府银安殿屋顶上那一片片翠绿欲滴的琉璃瓦，贵气逼人，又有一种内敛的低调，一如《颜山杂记》展现的华美神韵。

　　老雅为那件袍子琢磨了好几天，才铺好布料，拿起画粉，像画一幅绝世之作般在铺案上矗立良久，沿着画出的线条，埋头下剪子裁。裁完，老雅的背后被汗浸透了。他没有立刻上缝纫机，而是坐在月台上看着那棵枣树，喝了两大缸子茉莉花茶，谁跟他说话他也不搭理。夜深人静，媳妇闺女都睡着了。老雅在裁缝屋里换了两百瓦的大灯泡后，缝纫机"哒哒哒"地又响了起来……

没过几天，那女子来拿衣服，试穿后，频频点头微笑。她果然把那款袍子穿出了仙气，衣服和身体得到了一种契合度极高的交流，比那本杂志里的模特还要出彩，让人着迷。原来人衣合一真的可以给精神带来无限的愉悦。

一个好裁缝不仅要有与生俱来的天赋，更要对倾其一生的事业充满热情，让它成为生活甚至生命的一部分。一如服装设计师张书林所秉持的理念——让裁剪艺术融于生活。

一把剪刀、一个尺子、一台缝纫机，陪老雅走过了小半生。他缝住了一片又一片时光，用尺子打量走过的岁月，从未后悔自己走过的路途。做人和做衣一样，都得禁得住打磨，耐得住寂寞，一针一线绝不含糊。

三十多年过去，老雅没成为有头有脸的服装设计师这事，让他闺女一直抱憾。但遗憾也只能放在心底，老雅还是老雅，他更愿意设计出更多好玩又赋予灵魂的衣服来帮别人填补这份遗憾。

吃包子

打小在北方农村长大的人总有挥之不去的一个情节，就是吃包子。

村里谁家要是有个红白喜事办酒席，就会邀请亲朋好友、乡里乡亲的来聚一下，我的家乡人管这叫"吃包子"。谁的一生都要经历红白喜事，这也是家家户户要经历的人生大事。办喜事的主家大多会提前一个月定好日子，通知亲朋好友届时来吃包子。喜事就要透着喜庆，大家接到信儿后都会开心地准备好自认最漂亮的衣服，等到正日子那天穿上，去沾沾喜气。

定好了日子，主家还要提前请大师傅拉菜单子。通常是晚上准备一桌好饭食，陪大师傅吃好喝好，同时，菜单子也拉好了。办事头两天，主家在自家院子里要架起好几口大铁锅，备足劈柴，采购好大师傅交代的食材。在北方农村，办事时豆腐是必需品，人们头天就会把豆腐炸成豆泡儿，做盐水豆腐和素冒汤用。今非昔比，过去北方看不到海鲜，条件好的人家拉出的菜单子也只有鸡鸭鱼羊牛肉，八碟八碗，半荤半素，那就算是大席了，尽显主家办事的讲究。八碟就是四盘素、四盘荤，包括灌肠，藕片，拌银耳等随意搭配；八碗就是两碗煨肉、两碗盐水豆腐、两碗素冒汤、两碗豆腐丸子汤。条件差点的主家可以简单准备，大锅炖菜也能把事办了。到了正日子，主家屋里的炕上坐满了人，大多是族内亲朋。屋外院子里来来往往走动的人多是和主家关系不错的哥们儿弟兄乡里乡亲，主要是来烙忙的。

村里谁家办事，同村的老少爷们去吃包子前，会先随个份子，也是希望自家办事时能有更多人来，这也是人之常情。记账的账房先生会在账簿上清楚记下随礼人的姓名和拿来的东西、出了多少钱等。账房先生是村里口碑很好的人，小时候我就特别羡慕受人尊敬的账房先生，不仅写得一手好字，还了解村里每户人家的情况，虽然嘴上不说，却都在他心里装着。那时，来写账的老乡亲大多拿着一兜面，随个两三块钱的份子，后来慢慢涨到五块十块。也有的挂块帐子（布料），主事的人会挂到院里平时晒衣服的铁丝绳上，红事就用红纸写上是谁挂的帐子，白事亦然。一块块帐子在阳光下随风浮动，尽显淳朴的民风。

　　来吃包子的人随完份子，就快到中午开大席的时间了。主家把提前借的十来个正方形木炕桌往当院一放，烙忙的人在每一张木桌上放一大把筷子，吃包子的人一下子围满一桌又一桌，场面热腾。可哪有那么多板凳坐呢？不怕！大家随便找一块砖头横着立起来，往上一坐，就等着开席了。赶不上吃头桌大席的老乡亲会站在吃饭人的身后，等着吃下一拨儿。

　　主家至亲至近的人还会在屋里单摆一桌，烙忙的人会和他们闹着讨钱玩。从前都是村里的大师傅做饭，不要钱，给他买条烟以表感谢就齐活了。烙忙的人手脚麻利，穿行于各个饭桌前，用木头托盘端菜，一次能端好几盘、好几碗，一边走还一边大声嚷着开道："蹭身油啊！"还有专门发馒头的，拿着个装满馎馎的篮子，一桌一桌地询问："谁还没有包子（家乡管馒头叫包子）啊？"有的人饭量极大，吃三个大馒头还不够，嘴里吃着还不忘和提篮子的人再要两个。烙忙的人笑着递过馒头，总会开玩笑说些什么，逗得一桌子人前仰后合的。一个地域的风土人情在吃包子中体现得淋漓尽致。

小时候，村里有一拨小小子，吃全村的包子，谁家有红白喜事就去谁家，不管认不认识坐那儿就吃。有一次，遇到有人家办事，我也想学着他们的样儿不管不顾去吃一顿包子，被爷爷知道了，狠批一顿。他语重心长地告诉我："想吃什么咱自己做，不吃人家嘴短！"奶奶却支持我去，说着还把我带到办事人家的门口，推我进去。一进院，东看看、西瞅瞅，挤满了人，谁也不会注意到一个小孩子。我就排在一桌快吃完包子的人后面。那桌没有熟人，我忐忑不安、别别扭扭地吃囫囵了一顿，就赶紧回家了。

记得吃包子时的大席上最好吃的是大锅煨肉。大块的肉拿水泡了，炒成糖色，再放足了水烧火。师傅会看着火候，如一直大火炖，肉质易滑。有经验的师傅会在大火开锅后，放小火煨肉，慢炖半天。大锅煨肉那个香啊！因为劈柴火硬，最后煨到没有太多汤了，只见一大锅色泽诱人的煨肉，上边一层油、下边一点酱油汤。肉炖好后，筷子一夹就烂，来吃包子的人绝不会放过那碗煨肉，还有拿馒头蘸肉汤吃的。旧时艰难，不可能天天吃到大鱼大肉，吃包子是最解馋的。

过去，人们吃包子没那么多讲究，上来盐水豆腐汤、素冒汤、豆腐丸子汤，端起碗就喝，你喝完他喝，推推搡搡中透着农人固有的豪爽，把"包子"吃得香极了！这桌吃完，下桌的人连筷子都不换，拿纸擦了，接着用。那时也没有一次性筷子，没有人计较卫不卫生，开心才重要。

来主家的老乡亲们多，烙忙的人也多，这时，主家就会显得很有面儿，说明人缘好。当然，吃包子的饭菜好不好，乡里乡亲背地里也自有一番评说。村里的大师傅也能干，掌着几十桌的勺，饭菜还上得井井有条。主家一高兴就会分得烙忙的人更多的烟酒，和乡亲们打成一片，嘻嘻哈哈中就把一辈子的大事办妥帖了。

长大后，我特爱吃喜事的包子，谁家结婚接我吃包子，我就好开心，日盼夜盼正日子到来。吃什么并不重要，关键是能看到新娘子甜甜的笑容，那笑像是开出了花，美不胜收。能和亲朋一起见证一对新人一生中最重要的时刻，我亦深感荣幸。只有心中有爱才能面对今后生活中的诸多挑战，才有动力走向人生的新起点，才能同心协力把小日子过得红火一片。

美少年

　　读一年级时，我们班临时调来一位年轻的代课老师。他是卷发，皮肤是小麦色，中等的清瘦身材，人长得干净挺拔。

　　他的第一堂课给我留下极深印象。他先是在黑板上写了两个字——韩洞，让学生们认读。一年级的小孩子哪认识"韩"啊，纷纷摇头，只有后面留级的那个调皮男孩子扯着嗓门喊："第二个字读dòng！"随后，老师就开始自我介绍，语气很和缓："同学们好，我叫韩洞。从今以后，由我担任你们的班主任。你们可以和我说说心里话，把我当朋友，你们的大朋友。"听到韩老师的这番话，我觉得自己特别幸运。

　　韩老师话音刚落，还是那个留级生，带着欢呼的口吻问："韩老师，你说的是真的吗？"韩老师点点头。男孩又兴奋地说："韩老师，那我们可以做哥们儿吗？"韩老师微笑地告诉他："当然可以！"男孩飞快跑到讲台边和韩老师握手，兴奋异常地说道："哥们儿，我可是解放了！"全班同学都笑了起来。就这样，我们班好像变了个样子，学生们活跃起来，坐在第一排的我更加认真听讲了。

课间操时，那个留级生掏出烟，让他的新"哥们儿"也来一支。见状，韩老师惊讶得哭笑不得。他拿着对方递过来的烟，没有训斥，而是讲了很多抽烟有害健康的道理，也不知道那男孩听不听得懂。

韩老师教了我们小一年，大家却受益多年。他用爱拯救了太多看似没有希望的"坏孩子"。这样一位从不"严肃"的老师，在我此后的学业生涯中再也没有遇到过。有的学生做错了事，他也不发脾气，而是耐心说教，不出半月，我们就和他打成了一片。大家当他朋友多过老师。

那时，我又瘦又小又老实，总有同学抢我的铅笔和橡皮。韩老师会为我说话，并告诉所有同学我是他表妹。从那以后，几乎没有人再欺负我了，好像都愿意和我做朋友。

那年冬天，我起水痘发烧，好几天没上学。韩老师主动打听到我家，给我补课。爸妈问起他家的情况，才知他从小父母早亡，没有兄弟姐妹，跟着大伯长大。韩老师说起这些时，语气很平静。他一直有个信念，想通过自己的努力让他的学生们感受到他所缺失的那种关爱。当时，我正趴在缝纫机上写作业，听到韩老师的一番话，不由得对他多了一份敬重。

起水痘的那一个月，韩老师每天放学都来家里给我补课，赶上饭点就在我家吃，从不见外。水痘痊愈后，我的身体仍很虚弱，赶上下大雪，韩老师会早早来我家门口接我去上学。因为路滑，他不敢骑车，就小心翼翼地推着我走。为此，学生们无不羡慕我有这样一位"大表哥"。那个冬天留给我的温暖荡漾至今。

春天，韩老师会和我们一起玩"老鹰捉小鸡"的游戏。他就像邻家大哥哥一样保护着我们不被"老鹰"抓到。原生家庭的缺憾丝毫没有影响到他，反而让他变得更加友善，富有责任心。他用诚挚的爱温暖了一个集体的孩子。

夏天，我会每天带水上学，用一个塑料瓶子装上井里的凉水，没几天塑料瓶就生了黄锈。韩老师认真地告诉我，不能喝凉水，要喝白开水才不易生病。他看我的塑料瓶子发黄了，没过两天就给我拿来一个好看的塑料水瓶。我既高兴又疑惑地看着他。韩老师看出我的心思，对我说："等你长大了，会挣钱了，记得还给老师一个更好看的！"我开心地使劲点点头。

韩老师对我的关爱好像为我插上了一双羽翼。长大后，我一直想飞到韩老师身边去看望他，看看五十岁的他是否变了样，我还没忘欠韩老师一个水瓶。

前几年，我参加一个会议，认识了一位朋友。看到他样子的瞬间，便让我想到了韩老师，两人长得好相似。但一开始，我对他是排斥的，他在朋友圈里总爱炫耀自己的跑车、别墅，于是，我果断把他屏蔽了。可有一次，我找一个朋友的微信，不经意间点到他的微信号，见他的朋友圈居然有他和大山里的贫困儿童站在一起有说有笑的图片。他是捐助了一个山区小学吗？我以为他是在作秀，可仔细一条条看下去，却被他的行动深深感动。原来，他就是这座大山走出来的孩子，因感同身受孩子们的苦，每年不管多忙都会回来看看他她们，不仅给孩子们带去物质的支持，还有更多精神上的鼓励。

后来，我们成了朋友，当被问及大山里的孩子们，他叹了一口气说："看到他们天真无邪的笑容，我就有无穷的力量去奋斗！"听到他讲起创业时遭遇的种种坎坷以及对命运的抗争，我对他又有了一个全新的认识。原来，人与人之间的认同是要靠时间来见证的。他就是金宇，一人带领一个大团队披荆斩棘，把旗下的品牌做得风生水起，引导很多女性自力自强，尤其是那些每天辛苦带孩子又没工作的独身女性。我看到在金宇辛苦付出、用心栽培下，这些女子脱胎换骨，越来越优秀，越来越漂亮，打拼出了属于自己的一片天。

我再次看到金宇的那张照片，他安然地站在一张张展露天真笑脸的孩子们中间，美得像少年。我仿佛看到他儿时的影子和自己小时候受了欺负得韩老师力挺的画面，并告诉自己，永远要用善心去关爱更多的人。

红

    小时候，每到年跟前儿，院子里都会挂上一对大红灯笼。爸爸在院子里放鞭炮，我则俯身在窗台前的沙发上，透过玻璃，看那不停旋转的红灯笼映亮了夜空。妈妈在圆桌边剪着窗花，屋里屋外一片通红，格外喜庆。那些红春联经过一年的风吹雨打，到了这时就换上新衣。在深深浅浅的红中，我们迎来了新的一年

    大年初一，奶奶也是红的。她乐哈哈地穿上一身红毛衣，从首饰盒里拿出太姥姥传给她的红宝石戒指戴上，再往头上插一朵红花，脸上泛起红光。人生就像红春联，经

历了春夏秋冬，一茬一茬地生长，谁又能和时间抗衡？可有了那抹红，心里就总是热烘烘的，增添一分和岁月打成一片的勇气。

在红尘中奔走，有时会突如其来地感到孤寂落寞。此时，不妨去花市转一圈，你会发现不经意间的一个转身很可能给你带来一抹红的惊喜，是一朵朵灿红的鲜花，红得耐人、红得周正、红得既俗又雅、红得温暖热腾。那红花给了我们厚实的安慰，也让一颗落寂的心渐渐有了起色。

红花中，我最喜欢的是君子兰。顾名思义，它不应该是翩翩兰花色吗？出乎我的意料，它开出的竟是如此红艳润泽的花朵，红得像饭桌上离不开的红辣椒。而辣椒绝对是餐桌上最欢腾的角色，热腾腾的火锅里若少了这一味，可就逊色很多。我们观赏红花，品尝红食，希望这辈子一直过得红红火火。

"红"和"喜"又息息相关。谁家要是办喜事，必是里里外外一片红。新娘子娶进门，雪白的婚纱穿得再漂亮，到给亲朋敬酒时，也要换上喜气洋洋甚至有点俗艳的一身红。觥筹交错间，小两口儿满怀期待地迎接全新的红火日子。这让我想到那出《游龙戏凤》。戏到最后，正德皇帝唱起那句四平调："在头上取下了九龙帽，壁尘珠照得满江红。"起初，他不过是想调戏一下李凤姐，可随着火候渐浓，他是用了真心在燃烧。当他挑灯端详映红了脸的眼前人，那颗彼此火红的心让缭绕心弦的爱早已洒满了衣襟，他才有紧握李凤姐双手的决心，让一出闹剧到底成了正剧。红，在这里充当了媒人，也成全了一段千古佳话。

　　没有任何一种颜色比红更能理解中国人，它被我们赋予了太多的含义，已然成为传统文化的一部分，像五行中的那一味火，源源不断地给予我们力量——爱的力量。

老物件

　　逛古玩城是一件乐事。小时候，舅姥爷骑着大笨洋车带我和表哥逛古玩城。几岁的孩子懂什么，跟随大人瞎逛，不过图个热闹，可舅姥爷看的全是里面的门道。

　　舅姥爷会带我俩去每个古玩大集玩，熟识他的人见了都摸着我和表哥的头开玩笑道："行家就得从小培养。"那时，我自然不懂他们说的"行家"是什么，就只会跟着舅姥爷东看西看，这些古老的物件虽不认识我，却在我的心底停驻下来。后来，舅姥爷因为爱情，不再碰古玩，而那些老物件也于我渐行渐远了。

姥姥家有好多物件，小到手里的瓷人小把件、老印章，大到磨盘、石碾子、"嘎吱嘎吱"响的老榆木门……无不伴随着我成长。我喜欢它们，是那种说不出的喜欢。村里老有走街串巷吆喝着收古董字画的跑家，跑到姥姥家时，她便把家里存的马鞍子、算盘、煤油灯、风箱、做炉糕的锅，还有太姥爷刻的有一百来年的老章和砚台全卖了，得了两百多块钱。

放暑假我去看望姥姥，见那些物件被她卖了好多，心生遗憾。我坐锅台上，看着帘子上绣的金鱼发呆。姥姥过来安慰我道："别难过，等收古董的人来时，我再跟他要回来。"我的心在掉泪，怎

么还能要得回来？就像君子说出去的话，驷马难追啊！我从姥姥那里把从小拿在手里的小瓷人、手绘菊花瓷香皂盒和红木匣子要了来。我可不想它们再离开我的视线。可越是这样，我心里越是放不下，从小陪我长大的东西说没就没了，到底意难平。

再后来，我参加工作了，跑鬼市、逛古玩城成了生活日常，总觉得那里有我想追回的梦。看到那些儿时的东西，心里就莫名温暖，越逛越对这浓浓的烟火气难以割舍，它们好像可以吸走人的魂魄，那些曾经的大编筐、门匾、煤油灯、壶、不知谁家小姐用过的粉盒、老屏风，我都会睁大眼想看透它们。

偶然一次，我在古玩城亲眼见到了汪曾祺笔下的钉鞋。那钉鞋旧旧的，拿起来很轻。看到实物后，我对那篇关于钉鞋的文章又有了更深的理解。这些老物件迷了我的心，总引得我在一个个古玩摊位前一蹲蹲一天，不禁百看不厌，还能学到书本上没有的知识。往往是逛了大半天也不尽兴，惦记着下周接着来逛，寻更多我不曾见过的有趣的玩意儿。

我只是单纯地迷恋这些老物件，从没想着捡漏发财，是一种树高千尺也忘不了根的寻觅。那些老物件于我而言似乎就是一种命运的召唤，身不由己。我寻觅的并非价值连城的遗珠，而是真正对眼的心头爱，就好像打断了骨头还连着筋的亲热。说到底，也许是我对探古的痴迷，对那些自己无法亲历的旧日时光充满了好奇和向往，借由一件件老物去体味和感悟。

后来，我渐渐从全国各地淘来各种老柜子、木箱子、洗脸架，老绣片、坛坛罐罐、铜钱、黑白电视机、老钟表……种类包罗万象，越收集越多。对此，妈妈总是埋怨和担忧，一个女孩子家家的这个样子，谁敢娶进门啊！可我哪里停得下来？最后连地下室也被占满了。只要看到它们，我的心就像是充满了电，走路都带着风。记得上次我趴在刚收来的一个雕花柜子上，摸着它斑驳粗糙的纹理，感受着人与物一起经历了红绿年华和内心有料的好包浆，我明白这些老物件一直和岁月真诚相守的心在延续着生命的真谛。

有一次，在古玩城一位卖家的摊前看一本王珣的帖，周围买他东西的买家开玩笑说他"傻货"。他则坐在摊子前的小马扎上双臂抱膝也不恼，轻描淡写地说道："谁没打眼的时候？谁都不怪，只怪咱自己道行浅。"话音刚落，就听得几个买家哈哈大笑起来。这个卖家前几年收了一个掐丝珐琅大瓶，一千收的货，被一位从北京来的老先生三千五买走。没过多久，有人在拍卖会上看到了那只掐丝珐琅大瓶，专家鉴定是清朝中期的物件，被一位行家八十万拍得。得知这个消息后，他好几天没睡好觉，喝了一箱子二锅头，晕晕乎乎半月没起来炕，差点和黄土共饮。后来，他想通了，"谁都不怪，只怪咱自己道行浅"。人的意志多么了不起！他从炕头爬起来，炒了俩小菜，买了二斤熏猪头肉，吃饱喝足继续满村吆喝着收古董。这才有了后来众人戏谑他的那一幕。再后来，我在这个卖家摊子前淘到好几件喜欢的小物件，都是他去村里挨家挨户收来的，虽然有的又老又残破，但只要我喜欢就绝不会放过，虽没一个值钱的，可它们在我眼中始终与众不同。

　　岁月赋予了每一个物件沧桑的同时，也让它们承载了更多的厚重与使命。

拨开尘封的记忆

　　我是在逛古玩城讨价还价买一幅山水小品瓷板画时，结识黄老师夫妇的，后来还成了志同道合的朋友。

　　说起那幅瓷板山水，单釉面的品相就让我眼前一亮，釉面很厚，和当今大多用电炉子烧出的瓷板是完全不一样的。画里色中有墨、墨中有色。不到一千就被我收到手。我抱着瓷板画快走到车跟前，黄氏老两口忽然追上来，与我道："姑娘有眼光，这是民国的瓷板画。"我不爱与陌生人说话，还以为他们是托儿或骗子，只报以礼貌性的微笑就开车走了。

到家后，我用放大镜仔细端详那幅山水小品，细细的纹理竟透着一丝苍老之意，那皴笔出来的效果，就像宣纸上的一幅画。我很好奇，这样好的瓷板画为什么没有落款呢？这真是个谜。我突发奇想，难道画这幅画的人是送与他中意的心上人，又羞于让外人知道？这也不是没有可能的。我定神看着整幅山水的层次布局，对画者那一笔皴擦的功力很是佩服，越看越有点汪野亭之味。

　　后来，我在每个古玩大集上总能瞧见之前遇到和我搭讪的老两口。有一次，见他们买了一个民国时期的"飞人牌"缝纫机，品相很好。对此，我很是羡慕，一来二去地就和老两口熟识了，得知大爷姓黄，玩钟表的行家，老伴也爱玩，就常一起出没在古玩城。后来，我们一同去北京、天津、大厂、早市的古玩城淘搜各种有趣的玩意儿，有时逛半天一无所获，却依然为涨了见识、开了眼界而开心不已。

　　黄老师的老伴人特好，慈眉善目的，我称她"大姨"，回回做了好吃的都要叫上我去尝。尝手艺是其一，主要还是黄老师想跟我显摆他那些宝贝。

　　黄老师捣鼓了一辈子钟表，年轻时在北京工作，从20世纪80年代就开始逛地坛、遛皇城根儿、转劲松的旧货市场收集老钟表，后又收集各种音响和录像带，退休后在村里盖了宽敞的房子，特意留有一个大大的院子种瓜果。在黄老师家一年四季都能吃到新鲜果蔬。

我时常在黄老师家摆满一堆钟表的灯下与之对饮，说到兴头上，便扯开嗓子唱两段京戏。我们都爱京戏，名角儿背后的故事如数家珍。酒劲上来了，黄老师便打开他那个大柜子，一柜子全是京戏录像带，随后就跟个小孩子似的冲我显摆："这个是张建峰的《珠帘寨》，这个是兰文云的《遇皇后》，这个是袁世海的《群英会》。丫头，看看这个，这可是李祖铭的伴奏集锦，你没有吧？"于是，我抱着一大摞老影带和录像机回家，接上日立牌的彩色电视，在书房里津津有味地看起来。全都是不可多得的珍贵影像，深感自己幸运无比。

有时，老两口也会找我来玩，还不忘显摆手艺带上自己做的松花蛋，一来就讲上 天家具、钟表那些老物件的事儿。我知道他们爱吃我做的窝头焖小黄花鱼，每次都让他们如愿以偿。我珍惜这样的缘分，深谙一辈子遇不到几位知音。

黄老师在古玩城淘到很多上好的钟表：瑞士怀表、欧米伽星座、18K 金浪琴、1570 机芯劳力士、14K 积家、德产 18K 金两问怀表、英国产 18K 金雕花壳超薄芝麻链怀表、美国产华生牌 14K 金壳 23 钻顶级铁路表、清末的钟表……惹得我逛古玩城时也更留意钟表了，有时淘表，也会先让黄老师掌掌眼，才放心。他对钟表的机芯设计、工艺、打磨、性能、走时、表体完整度，了如指掌。有他领着，我既安心，又大开眼界。

一次，三人闲逛古玩城，我看上一个解放初期上海新研发的"三五牌"座钟，钟的盘脸带日期、星期与 24 小时计时。到底是半个多世纪的物件了，米黄色的外壳已经破旧不堪，但我看上了里面的纯铜机芯，六十元淘得，外加三十元又送我一个 20 世纪 50 年代品相完好的黄底搪瓷盘子，盘上的图案是荔枝树上趴着一只蝉。黄老师夫妇看不上那小玩意，但我喜欢，"名利双收"的寓意，图个吉利嘛！

收了钟表，我托黄老师给大修，他欣然应允。他有许多"三五牌"的座钟外壳，调换一下外壳，就像给它穿了件新衣服，漂亮！换外壳看起来是个挺简单的活儿，可我这个多了一层盘，厚度增加了很多，需要把钟壳的前脸掏个圆洞，再装机芯，且圆洞的尺寸要求很严格，大了钟盘盖不上，小了妨碍星期日历的齿轮工作。这个星期日历的齿轮有些粗糙，有时带不动会停摆，黄老师又将其全部拆开，把每个过齿全部打磨光滑，再把接触摩擦的部位点了点油，才算组装好，走时滴答有力。我把修好的座钟小心翼翼地放在书房的书架上，陪伴我追赶时间。这座钟承载着岁月的流逝，也见证着我笔下一字一句中的成长。

黄老师家墙上挂的、桌上摆的皆是钟表，每一个都有不同的声音，一到整点，满屋子叮当作响，好听极了。我问老两口，"晚上这些钟表一打点，能睡着吗？"黄老师把眼镜摘下来问："那你养的那些蝈蝈蛐蛐们晚上唱歌，你睡得着吗？"我们不约而同都乐了。我真爱这老两口的和谐恩爱劲儿，更爱这人间烟火的热乎劲儿。

黄老师眼力了得，有的十块八块淘回来的钟表完全失灵，自己捣鼓捣鼓就能走得很准确，还告诉我，"这机芯好啊，用百十年没问题！"可见他对钟表的热爱接近于痴。这几年，真玩意儿越来越少，但只要具有一双识货的慧眼，能够去伪存真，身边留下来的人和物才会真。

那些老旧的物件散发着沧桑之光，经历光阴的考验，一路风尘地与我们相见。这是命运冥冥之中的安排和上天的垂爱，成全了爱物之人的美好心愿。

拨开那些尘封的记忆，它们的存在让岁月透出了清亮璀璨的本色。有的物件即使残破，我依然收下它们，是害怕它们再次遭到毁坏或消失，像迷雾中寻不到先人的足迹一般，一旦失去线索就再也看不见了。

芝 麻

　　小时候，夏秋交接之际，大姨总会骑着三轮车带我去她家地里收芝麻。她用镰刀把一捆捆沉甸甸的一人高的芝麻秆子割下，装上三轮车。农民在种地上很会盘算，芝麻产量低，单腾出半亩地种不划算，于是种在花生地里的背儿上，不会耽误其他农作物生长，还能吃到香芝麻，平时在家里打个烧饼，擀点芝麻盐吃面条用，吃自家种的粮食更是香，一举两得。

　　大姨把一捆捆芝麻收回家，晒在阳台上，饱满的芝麻秸就争相乐开了花。大姨把晒干裂开的芝麻倒放在柳编的笸箩里，看着细细碎碎的芝麻"哗哗"地掉进笸箩，收获的喜悦无形中给日子增加了元气，填了精髓。

大姨把芝麻筛干净，又晒了两天，选一个阳光温暖的午后，抱来一捆树枝子，烧热大锅，炒了一簸箕芝麻，再擀成芝麻盐。她会给要好的邻居送去，和他们唠着家长里短一直到太阳落山。那时不懂大人怎么有那么多的话可说，长大后才体会到，年龄越长越需要有个伴儿，与之诉说心里那些沉芝麻烂谷子的事情。这也是一种情绪的发泄吧！

肯听你诉说的人才真正懂得你陈谷子、烂芝麻的心思，毕竟，有个人在身边，也许孤独就不会那样孤独了吧。

山里寻

从小，我就相信一句话：有些东西是你的，早晚都会遇见。

十年前，我忽然想淘些方形老青砖铺院子。想到就做！我和好友冬开了几小时的车，来到一个明朝就有的古村落。穷乡僻壤至此，却走出十多个文武秀才，很是难得。村里有一个大大的古戏台，看得出已经很久没人在上面演戏了，木头腐朽得有些落寞。记得参加工作后，有时心情郁闷，也会专程跑来这里四下转转。登上村西头的庙台望远，看地里的农民在半山腰用最原始的农用工具耕田，耳畔都是鸡鸣狗吠，内心却异常安静。时隔数年，再次走进这片村落，恍如隔世。因为交通不便利，好多人家都搬走了，木门紧闭，挂锁早已锈迹斑斑。留在村里的人长者居多。走过一家家的门口，门楣上都是"松竹旧友""山岚成趣"这样的帖子，很是文雅。

经过一个四合院，看到一个老太太在二楼晾晒红豆和绿豆。我买了十斤红豆走下楼，在角落里看到一筐砖雕的破瓦片，装在柳编的大破筐里正准备扔掉。如果我没看错的话，那应该是老陶。我又和老太太买了几斤绿豆，攀谈起来，趁机向老太太讨要那筐破瓦片。她急着说："谁要谁拉走！我这儿没地方放。"我又给她一百元的豆子钱，告诉她不用找了，过几天还来买。老太太高兴地送我们出了高高的院门。冬帮我把那筐破瓦片吃力地搬上了车。

我们把车开到村西头。冬不解地问："要这一筐破瓦片干啥？"我回头看着后备厢那一筐破瓦片里露出的残破虎头瓦当说："别忘了，这里可是出过很多秀才的！我们想象不到这里曾经拥有怎样的繁华。这些清代的瓦片能挺到现在，和咱们相遇也算是缘分吧！"

到了村西头，我们把车停下，继续走进满是石头的巷子里找青方砖。随便经过一家门口，就能看到丢弃大石槽

子、破旧门板的主家，看样子，还真是回到了古村落。有的人家只要开着门，就能直接进门。我们走进一户人家，进门的影壁边种了绿油油的竹子，右侧进院，一桌子人正在打麻将，只听得有人说："你家男人真不回来了！"一个中年妇女狠狠说道："爱回不回！"随后，麻将声和笑声混到一起。

我和冬接着往里走，那几位妇女看到我们。冬问："有老青砖吗？"刚才发狠的那个中年妇女放下麻将，拉着冬说她家就有青砖。到了她家，看到青砖是窄的，我没看上。偶然间却看到她家东面旧厢房里露出半边斑驳的旧木头箱子。我问这是啥，她说这个破玩意从她嫁进门就有，说着从东厢房门后拿出露出棉花的厚棉袄、半袋黄豆、一口袋棒子，把东西挪到一边，箱子上还有一个带裂痕的榆木方桌。当这个戏箱子出现在眼前时，我努力抑制着兴奋之情，打开后发现里面还有一套戏服，散发出陈年的味道。由于年头久了，戏服上的金线掉了许多。垫箱底的是一张1974年的旧报纸。那女子说："连同这个小方桌，你要的话五百拿走……"接着又变卦，"一千！少一分不卖！这可是我们的传家宝。"我嘴上说着"太贵"，手却很诚实地拿出钱。那女子接过钱，说了句"不管送"，让我们自己搬走。

　　冬抱着小方桌，我则抱着那个沉重的大戏箱子，飕飕地往村边停车的地方走。门口的老头老太看着我们抱着两个大家伙走过长长的石头巷子，纷纷在背后指指点点不知说些什么。管他呢！走好自己脚下的不平路，让别人说去吧！我俩好不容易走到车边，快速打开后备厢把东西放上去。我嘱咐冬快走，别他们一会儿反悔追上咱。车子飞驰出村，我才发现全身的衣服被汗水浸透了。冬打趣道："平时拧个瓶盖都很费劲，这么沉的大箱子，你抱一趟街，我竟一点看不出你吃力的样子呢！"看着满满一车的收获，此时的我志得意满，才感到胳膊有点微痛，撩开一看，早已勒出了好几道血痕了。

　　到家后，我忙不迭地拿出戏服。令人惊喜的是，戏服下还有好几个头面簪子，钻上一层土。我戴上白手套，小心翼翼地擦出它们原本的光泽。我把戏服放进人盆里浸泡了半小时，手洗了无数遍。因为年头太长，投了二十多遍水，盆里还是黑乎乎的，金线倒是掉了半盆。我还是坚持把它洗干净。看着一盆盆污水，我终于体会到这套戏服曾经有多繁华，如今就有多落寞。

　　经过整整一个上午，一遍遍不厌其烦地换水，戏服才显出些本色来。我又用带香味的消毒液泡了几分钟，才把衣服反过来晾在阳光下。戏服的里子是密度极高的白衬布，已经洗不出当年纯白的原貌了。一阵风吹过，依然能闻到掩盖在香味下的腐朽气息。时间的侵蚀力太过强大，一切事物在它面前都会败下阵来，可谁又能离开时间呢？

戏服晾干后，我把正面翻了过来，绣在墨绿底色上的富贵牡丹展现出来。我抚摸着每一朵绣花、水纹，爱不释手。看着它的本来面目，像星辰再次点燃了余温中的清雅，我沉浸在一种甜美的兴奋中。这华服的一针一线绣出了繁华无尽，尽显高雅风情，它们可还记得旧时光里那一声声动人心魄的锣鼓点？可还记得是谁穿着它们水袖高抛，上演了一出才子佳人的好戏？我想象着戏服里那一段段细腻的光阴留痕，是怎样的迷离晶莹，那戏台上的角儿得有多俊啊！可戏终归是一场戏，终要散场，留下的那些美好而短暂的回忆，叫人无奈又知足。唯有眼前的戏服让人心神寄远。

民间的好东西真不少，但懂得欣赏的人却不多。很难想象，这样精美的戏服竟被尘封在柜子里一藏几十年。也好，它是一直在等我，等我找到它。

炸茄盒

　　我最爱吃夏初的茄子，比夏末的更胜一筹，烧起来口感好。家常烧茄子最对我胃口，因不喜油大，自己做，分寸才拿捏得好。

　　少年时，六七月的样子，赶上一位同学过生日，邀请我们去他家吃饭。去之前，同学们都去礼品店买礼物，我则到大集买了一盆绿植。到了同学家，见他妈妈正在厨房忙着做菜：松鼠鳜鱼、红烧肉、炖排骨、羊肉丸子汤，好几个色香味俱佳的小炒时蔬，居然还有大虾！二十年前，能在农村吃到二十厘米长的虾很是稀罕。

印象最深刻的是他妈妈做的那道炸茄盒。两条嫩紫长条茄子是院子里现摘的，切成两片不断开的薄薄茄子片，中间添满肉末葱末，再放入油锅中炸。炸茄盒的火候特别重要，同学妈妈掌握得很好，每个茄盒炸出来色泽金黄、外焦里嫩，好看到让人舍不得吃，又想立刻咬一口到嘴里。茄子在好厨师手里真是做到了物尽其用。

那天，我们几个同学可算是大饱了口福，尤其那一盘子入口酥香的炸茄盒被一扫而空。同学妈妈很热情，见我们爱吃，还要给我们做一盘，被我拦住了。看得出，她准备这么一桌子饭菜是不轻松的。那可是在二十年前，有家长能给几个穷学生做出这么一桌丰盛的饭食，也真是很令人佩服呢！现在想起那顿美味的炸茄盒才发现，已经有十几年没和那位同学联系了。因惦着那一口炸茄盒，我辗转联系到那位老同学后，彼此竟没有丝毫生疏感，开心地细数从前。

老同学给我发来一张图片，是一棵茂盛的植物。我夸他养得好，他却说："这是你当初送我的那一棵啊！"那时不知道它叫"吉祥树"，多年后已长成一株茂盛的大树灌了。老同学告诉我，有一年冬天他把它放到东厢房，结果就忘了，到了春天才搬到花坛里，一场雨过后，它竟冒出了新芽。从那以后，他就对它上了心。植物的生命力是我们想象不到的，原来，它不过是在坚韧地等待一场雨的到来。

时隔多年，那棵吉祥树生机勃勃地重现在我的眼前，给了我一份没有准备的神清气爽和心满意足。我赞叹着岁月的能量，一种对未来的缤纷渴望涌起，对日月灿烂的深情涌起。

面　条

六月天的正午，树叶一动不动。

爷爷匣子里放着刘兰芳的评书《岳飞传》："大宋朝的这年的冬天，天气特别冷……到处一片白……"快到饭点儿了，奶奶问："吃什么呀？"爷爷坐在院子里扇着蒲扇，满头大汗地说："这么热，面条啊！"奶奶便开始麻利地和面、打卤。

厨房里很快传出"噼里啪啦"打鸡蛋、拉花椒油的声音，香味瞬间飘出窗外。奶奶在案板上快意地切着黄瓜丝、豆角丁，不一会儿就弄好了一桌子的菜码和面卤子。

这时，面也醒好了，开始烧水擀面条。奶奶用的是一米长的大擀面杖，把面团擀成一个大面片，表层洒满蒸窝头的细棒子面，面片缠着擀面杖一圈圈地擀，面片也随之越来越薄。直到看着薄厚可以了，奶奶才抽出擀面杖，在薄皮上又撒上细棒子面，折叠成一层层的宽 S 状，开始切面丝。锅里的水沸腾了，奶奶一把把抓起长长的面丝下入滚烫的开水中。

面条用刚放出的井水一遍遍投凉，盛一碗面条吃下，那爽透劲让炎热瞬间跑得无影无踪。西红柿和面条是绝配，花椒油亦不可少。油热得冒烟儿，待花椒熏糊时，把提前准备出来的酱油直接倒碗里，吃面条时淋上两勺，那味道才地道。长大后，我对花椒更是偏爱，与众不同的那抹麻香很是够味儿。

要是吃炸酱面呢，也要先过凉水，然后手握一根黄瓜，大口吃面，生啃黄瓜。奶奶每每见我这样吃就会笑道：没个女孩子家样！爷爷听着匣子里的《岳飞传》，也不忘拿起一根生黄瓜，爷孙俩吃面条的情景还真是相得益彰。事隔多年，那个吃面的情景像花椒油一样让人回味。

有一次，多年不见的老朋友来家中看望爷爷。知道旧友最爱吃面条，爷爷特意清早起来去集市买了鲜菜和六必居的干黄酱，用五花肉炸酱，弄出黄瓜丝、芹菜丁、萝卜丝、豆角丁、豆芽、土豆丝、胡萝卜丝、茄子肉丁、花椒油、西红柿炒鸡蛋……十多个菜码，外加一小碗蒜瓣，还有爷爷最拿手的红烧肉，肥而不腻。他特意又整了两个凉菜，两人边吃边忆旧，回忆像面条一样耐人寻味。

爱那一碗面条里的五花菜码，它见证了长长久久的友情，也让人看到了五味杂陈的真生活。

追野兔

　　小时候的冬夜特别漫长，可田地里有了野兔，有人便惦记上了，像追着你心中狂热的爱不会停息那样的惦记。邻村李叔就是其中之一。

　　邻村的李叔养了好几条细狗，狗的身形瘦长，像台北故宫博物院藏的郎世宁的《十骏犬图》。

　　到了冬天，田地一片白茫茫，可李叔从未闲住过，不管西北风刮得多刺骨，他都会在晚上牵上细狗，开着大灯，去野地里追兔子。在他心里，追野兔是最有意义的事情。

　　野兔的防范意识很强，毛色像极了杂草，一般都是晚上出来觅食。但这并不妨碍李叔熬夜受冻也要追野兔的高昂兴致。他提着大灯照亮前方的土路，野地里瞬间通亮一片。细狗发现了目标，看到一只野兔正在飞速奔跑，立刻像离弦之箭般跑出去很远。野兔终归跑不过细狗，如同孙悟空再怎样神通广大也翻不出如来的手掌心，只好乖乖就范。细狗咬断野兔的脖子，叼着送到主人跟前，李叔就奖给它一块肉吃。运气好的话，李叔一晚上能抓五六只兔子。

冬日里，常见李叔炖上一大锅野兔肉，再称上几斤烧酒，约来村里要好的哥们弟兄畅饮一番，不醉不休。有一次，他和弟兄们喝醉了，说起他的初恋就是属兔的，然后就认真凝重地盯着锅里的兔肉，又干下一大杯酒，趴在桌子上大哭起来。没能娶到初恋女友恐怕是李叔的终身憾事，索性借酒发泄一下积压多年的情感，在这些兄弟们看来似乎已经习以为常了。哭完闹完酒醒后，他仿佛也忘了他的"兔女友"，继续领着他的细狗去捉野兔。

有时捉得多了，自己又吃不了，李叔总就把野兔给街坊邻里。隔着一堵墙就能听到邻居老汉说道："小李子，别拿野兔了，冰箱里还好几只没吃完呢！"捉野兔给李叔平淡的生活带来不少乐趣，原本以为日子就这样一天天过去，却发生了意想不到的事情。

可能是捉的野兔太多了，那天夜里李叔带着细狗出去，竟然一无所获。细狗也一反常态，到了野地也不跑动，整个田野静得出奇。李叔便带着细狗回家了。到家后，他突然高烧不停，很长时间不能走路，一走就跟兔子蹦似的。家人把村里最好的大夫请来开药输液退烧，可输完液立刻又烧起来。他又去医院做了全面检查，也没查出任何病因，饭也吃不下，每天就是睁不开眼，无精打采，总想睡觉。不到半月，李叔就跟泄了气的皮球似的，瘦了十多斤，家里人都担心得寝食难安。

邻居老汉看着李叔病总不好，便建议他去香门看看。此后，李叔金盆洗手，再也没捉过野兔。他的怪病后来渐渐好了。抱有一颗善心才是我们能光明坦荡活在世间的根本啊！

邻村李叔依然和他的好弟兄推杯换盏，喝多时还会怀念他的初恋女友，只不过他是望着月亮里的玉兔，再也不吃野兔肉了。

灌　肠

　　小时候，过年是真的过年。

　　整整一年家里都是省吃俭用过日子，进了腊月，好日子都来了。先是姥爷把家中养了一年的猪宰了，过个"肥年"。他把盆里的猪血做成血豆腐，再将猪肉分割好，猪头、猪蹄、猪内脏都耐心地收拾出来，放入大锅里先用武火猛煮，再用文火细煨，煮得用筷子可以穿透时，就可以收火了，待冷却后放入坛子里封存起来。肥猪肉会特意留下来，熬出一小瓦缸猪油，能一直吃到入夏。

　　姥爷最疼我妈妈，炖好其中一个大肘子必会给我妈妈

和好玩的事物打成一片

带上。这让我想到程砚秋最爱吃肘子，上台前，他一人能吃一个肘子。文场的锣鼓点都响起来了，他这个肘子才吃完，一抹嘴，亮出圆润、清亮、宽厚的嗓子，就开唱了。

大年初二，闺女女婿都回来了，屋里坐满两大桌子人。一头猪让整家人的年过得极其有滋味：一大锅炖肉、碗口一样大的四喜丸子、蒸白肉，还有姥姥从坛子里拿出的猪头肉。透红的猪头肉切细片，用香菜、葱末、酱油、醋、少许香油拌之，味道极佳，团圆中，一家人其乐融融地享受一年之中最美好的时光。

印象最深的是姥爷做的灌肠，每年都要煮上好几锅，分给亲朋。做灌肠很耗费精力，原料用小肠。洗小肠很是需要耐心，用盐水和筷子翻一个面，要用碱面搓很多次，再用温水洗干净，倒入醋继续搓小肠，反反复复数次，方可灌肠。这时，姥姥也把一盆肉切成细肉丝，葱姜蒜切末，一大铁勺子酱油、一斤肉、三两团粉的比例，再把姥爷自己做的白薯粉倒入细肉丝中。炉子里的一壶开水沏在装有大料、花椒的瓷碗里，再将水倒入大盆，放入香油。姥姥用搓出的白线绳把小肠的一头使劲系成死扣，再用打油的漏斗开始灌肠。这是个技术活儿，一根根小肠灌好后，两头系紧，成大圆圈状。

锅里水开了，可以下锅煮灌肠了。下锅前要摇动一下灌肠，迅速放入，用一根筷子把灌肠中间晃匀，成为一个完美的圆圈，这样煮出来的灌肠才会粗细均匀。如果见哪里有鼓包，就用针扎扎，放出里面的空气，灌肠才不会煮坏。煮熟后，姥爷会把灌肠和猪头肉、猪内脏一同放到铁篦子上熏，一直熏出焦糖色和香气才算完美。

每年年跟儿前，姥爷会把刚出锅的食材送与邻里，大家收到后都报以感激的笑容。这是姥爷最廾心的时候。风风雨雨这么多年，能抚慰姥爷的应也是这些真实有温度的日子吧！

夏里瓜熟

　　小暑过后，才感觉夏天真的来袭。这时，最喜欢做的一件事就是在知了的大合唱中，吃上水水甜甜的应季西瓜。它是上帝给予夏日的恩赐。

　　1991 年仲夏酷热难耐。我和妹妹经常去瓜地，坐在自家瓜棚下，只消望一望遍野的油绿西瓜，就能感到一股凉意侵入心头。我和妹妹在瓜棚里编狗尾草，忽然看到瓜地中一个西瓜熟透裂了口。我赤脚跑下瓜棚，轻而易举地就把一个不太大的瓜掰开了，黑籽儿红瓤儿看着就喜人。我立刻招呼妹妹过来，递给她一块瓜，自己也啃起一块。我们的小脚丫儿踩在瓜地泥土里，一人抱着一块西瓜，欢快得咯咯笑着，那瓜甜是瞬间沁入心里的夏凉快意。

我家就种过这一季西瓜，也就是那一年，村里的西瓜产量出奇的高。满地的西瓜陆续成熟，爸爸便光着膀子推着小车，走过瓜地那条长长的垄沟，用搭在脖颈上的白毛巾擦着额头上的汗水。我和妹妹则拍着小手蹦着跳着，看着爸爸搬瓜搬个不停，知道了收获是一件多么开心的事。

我们都爱吃西瓜，爸爸自不会把所有西瓜都卖掉，而是留下了几百斤（记得小时候，每年夏天，我家厢房里总会有一堆西瓜等着我们去吃）放在厢房的阴凉处。成片的西瓜就像起伏的绿色波浪。我会拍一拍熟透的西瓜，然

后一切两半，抱上半个拿勺子舀着吃，吃到肚皮鼓鼓才算罢休。

爸爸则喜欢把西瓜放进井水里泡上半晌，拿上来再切，刀刚沾到瓜皮，便听到"咔蹦"一声脆响，就露出了诱人的红壤。爸爸把瓜切成大条，一家人一起享用。被冰过西瓜的凉意，也沁凉心底一个又一个午后。

每年夏日吃起西瓜，总会想起我家那片瓜地和曾经装满西瓜的厢房。味道的吸引，是数度几十光阴后，心里烙印下的念想。

只要有西瓜，再不惧热浪滚滚，"清敌炎威退，凉生酒量宽"。

西红柿

　　喜吃西红柿的人，应是自小种下的果，因为小时候的西红柿是真的好吃，不像现在在超市里买到的大棚货硬邦邦的，切开后一点汁也没有，味如嚼蜡，而且好像被克隆复制了似的，全一个模样。过去的西红柿大小不一，个个卓尔不群，全是释放天性的样子。

　　夏天，村里人家会在自家园子里种点蔬菜，黄瓜、豆角、茄子……当然，也少不了西红柿。它可是餐桌上的必需品。

　　从架下摘几个熟透的薄皮西红柿，切成一盘，再撒上白糖，红红的沙瓤诱惑着味蕾，一口一口吃下，简直是最享受的美味。吃到见盘底儿时，能看到半盘子淡红的汁液里漂着许多碧绿的西红柿籽儿，然后端起盘子一口全喝掉，酸甜清爽的味道伴着滑溜溜碧绿西红柿籽，一起跑进胃里，形成一种叫人难忘的口感，那是长大后再也寻不到的天然味道。

爸爸则更爱吃炒西红柿。夏天结果多，可以撒了欢地吃。每次炒，爸爸都会切上满满一盆月牙状的西红柿块儿，把油烧热，打上几个鸡蛋，待蛋液凝固，再倒入西红柿，一起翻炒，等"咕嘟咕嘟"冒泡的浓浓西红柿汁液有了鸡蛋做伴，便溢满了一锅软香馨玉。熟透的西红柿和鸡蛋都自带浓郁的味道，凑到一起便有种棋逢对手的快意。大家一下子涌到餐桌旁，一人盛上一大碗，用烙饼馒头浸着吃，全部吃下还意犹未尽。想想现在很少有这样豪气的吃西红柿的情景了。还有哪道山珍海味能有这样的本事？汪曾祺不觉得西红柿好吃，想是他没遇到真正好吃的"柿子"。

小时候，冬天的蔬菜匮乏，清一色的"老三样"——土豆、萝卜、大白菜，西红柿是想都不敢想的。每年立秋，总能看到姥姥把夏天吃不完的熟透西红柿洗净去皮切

成小块，把输液用的葡萄糖玻璃瓶用开水煮沸，晾干后，就把西红柿塞进瓶子里，装满后拧上橡胶皮塞，放入大锅中蒸上个小时左右，直到颜色变成鲜红，锅中飘出浓郁的香味儿，才收火。

姥姥把蒸好的二三十瓶西红柿酱晾凉后，有的放在屋内摆着瓦罐绿植的窗台上，有的则放在西屋供奉菩萨的老木桌子旁边。这些西红柿酱静静守候，待寒冬来临，全家便有一道特别开胃的下饭菜了。

放了寒假，我哭着喊着也要住在姥姥家，为的就是那一口西红柿酱。能在不当令的季节吃到如此美味的西红柿，简直就像在做梦。有时，姥姥做面条，见姥姥从窗台上拨开瓦盆旁长势喜人的朱顶红，拿起一瓶西红柿酱，倒出半碗和鸡蛋一起炒。我对那一碗鸡蛋炒西红柿酱的稀罕劲儿溢满了酒窝。这是一种改良式的鸡蛋炒西红柿酱固然没有应季时的好吃，但在口味单一的冬天真的就是人间至味。

　　姥姥还会给我做西红柿酱疙瘩汤，香甜酸加上葱爆炝锅的味道，引得我能滋溜溜喝掉半锅汤。一次，姥姥让我去西屋拿西红柿酱。我开心地抱着玻璃瓶，经过供奉的观音菩萨旁边时，竟油然而生升出一种虔诚的敬意，再吃那西红柿酱时，总感觉沾着菩萨的仙气。

锅

　　小时候家中的一口大锅，承载了一家人的生活，炒菜、蒸馒头、熬粥、炖肉全靠它。它做出的味道真切香浓，是任何锅都代替不了的。而今，热奶有奶锅，炖肉有高压锅、砂锅，焖饭有电饭煲，一个厨房最少也得五八口锅。可分类再细的锅，就是少了劈柴烧大锅煮出饭来的味道。

　　过去，姥姥用那口大铁锅给我摊了两个鸡蛋，我拿起一个大馒头吃得香，还不忘用馒头蘸蘸锅里的油。如今，用怎样的锅炒鸡蛋，也吃不出当年的味道。姥姥围着那口大铁锅转了一辈子，刷锅、添水、烧柴、煮饭、熬汤，生活的真味和日常的幸福尽在这一口大锅里。

当时，我抱着姥爷买的十七寸大背头黑白电视机看《宰相刘罗锅》，谁换台都不行。姥爷还给我讲刘罗锅的故事逗我开心："刘罗锅追他媳妇时，就是背着那口大铁锅，经过他媳妇家门口，才蒙混过关，娶了他那漂亮的媳妇！"电视剧里刘罗锅弯着腰回身一笑的镜头一直刻在我幼小的心里——肚子里有墨水的男人最有魅力。

我有一个搞书画的老友，知道我爱吃面条。那次去她家，她给我做了打卤面，拿出三十年前一口质地很好的铝锅。我惊讶于如今怎么还有这样的锅！这口锅就放在她家多年不住的老院厨房里，从小陪她长大。她想到童年时妈妈在厨房用这口铝锅给她煮饭的情景，没犹豫就拿回来用上了，跟我不停地炫耀这锅又轻又好，做出的味道就是与众不同。我心怀感激，念旧的人总是内心装满慈悲，和这样实实在在的人做朋友，会有一种无形的心安，这是锅的魅力，也是人的魅力。她与我讲，小时候有一家哥俩儿娶了媳妇后分家，因为一口铁锅打起来，形同陌路，直到大哥出殡那天，弟弟跪在他大哥坟前抽了自己两个嘴巴，哭得泣不成声。面对生离死别，哭还有什么用呢？斤斤计较的处事态度让人与人的距离越来越远，为何不能互相理解、相互支撑地好好过日子呢？把心放宽、把眼光放长远，我们才能遇见更多有趣好玩的事。

做个踏实人，情理间自会有安排，要学学那口大锅，煮透了生活的五味杂陈，也尝尽了人生百味！

酒　里

　　爷爷年轻时无酒不欢，经过酒馆时，即便兜里没钱，也要后退几步折回去，宁肯不吃任何酒菜，赊账也要喝上一壶酒，才肯心满意足地离开。到了父亲这里，更是"以酒为粮"的姿态，喝了个好酒量。

　　父亲在浙江柯桥和朋友们一喝就几大坛子女儿红，那酒后劲十足，能让人醉弯了腰。二十年前，我就知道女儿红的故事。饭前，父亲总会倒满一杯女儿红，闻着杯中慢慢溢出的酒香，会让少年的我想到江南水乡的唯美。从此，那一坛子女儿红就埋在了我的心底，怀着对未来的希

冀和珍存在心里的那坛酒香，为我打拼未来夯实了底气。

父亲的交谊舞跳得好，收了很多"学生"，大家都喊他"老师"，每天都有应酬有酒喝。加之父亲小有博识，酒劲一上来就天南地北滔滔不绝，在场者无不放下碗筷听他讲述。说到兴头上，父亲会举起酒杯，豪言"不醉不归"。他总说在做好本职工作的同时要发展副业，他的副业就是跳好交谊舞。村里没人了解父亲肚里装了多少料，只知道他是老实人，跟谁都合得来。低调行事的父亲像极了陈酿的老酒，不怕品，越品越被惊艳。

父亲与交往多年的绍兴老友交情至深，对方每年送他一车女儿红。想来，他接到那一坛坛沉甸甸的酒时，心中也早已酿成一坛陈酿。酒和岁月连在了一起。

我们北方人喝黄酒大多要加上姜丝煮沸了才肯喝，南方的很多朋友则很少加热，还说我们矫情，不是真喝酒。我倒无所谓，每个人有每个人的生活方式，开心就好。

我真正爱上喝酒应是三十而立以后，人生不如意十有八九之时。那段时间，我天天失眠，晚上刚睡着又会莫名地突然醒来，也无人可倾诉。有天深夜，我又醒来，不知为何把朋友送的梅子酒打开了，喝了两杯，软甜、小酸、怡神，晕晕乎乎就有了困意，一觉睡到天明。醒来想，这可比安眠药好多了，从此睡前便习惯地喝上两杯小酒。

儿时不知愁滋味，年龄越长越喜欢酒。酒是一种最好的抗忧郁剂，有了它，感觉人生都变坚强了，至少脆弱的时候，还有酒跟你做兄弟。一口酒练就了一颗强大的心脏。喝了酒，满腹烦恼被冲得云淡风轻，多大的事睡醒了再说。于是，我对这些果酒的爱只增不减，不管去到哪个城市，都会留意当地的果酒，或是到小酒馆亲自尝尝。开心了，还要自己动手做果酒，每年都要酿上几坛子，春天做桑葚酒，夏天杨梅酒、荔枝酒，青梅酒，还想研究研究桃花酿、桂花酿怎么做。这些果酒虽度数不高，但口味都非常好。

最近桂花酿不离口，有时写作写美了，也会不自禁地饮上两杯，香透沾襟。酒的色泽也美，金黄晶莹，只看上一眼都觉得沁人心脾，潜入杯中酒，适合自己走心地喝。夏热时先冰镇一下，或加些冰块，杯子里的酒酿既好看又入味，喝到微醺，那种飘飘欲仙的感觉真是好！

这些最普通的酒也是最实在的酒，就好比二锅头，每次和北京的老姐不管去多高档的餐厅吃饭，她都要喝杯二锅头，习惯成自然。她家中有个大大的酒窖，多高档、多洋气的酒都有，但老姐只追求内心的感受，不知听她说了多少遍的一句话是："最舒服的还是这口二锅头！"可惜我不会喝白酒，只能用喝十五度果酒的这点本事尽量去感受她喝二锅头的那股爽劲儿。

酒是好东西，只要不对酒精成瘾，想喝时可随时斟上两杯。每个人爱喝什么酒见仁见智，重要的是跟谁一起喝，遇到投缘的朋友，第一杯微辣、第二杯幽淡、第三杯香软。像恋爱吧？看到心上人"扑通扑通"动心的感觉，还没喝就醉了。那就慢慢喝吧！每一口都是享受的味道，随着情绪渐入佳境，喝到微醺，各自的心也就放开了，说话也真，不醉不休，肝胆相照。心情喝到了一个高度，也更能听到掏心窝子的话，这样的酒便是喝得恰到好处，不会失态。

喝酒和环境也是有关系。不喜欢去人多乱糟糟的饭馆吃饭，俗不可耐的曲子大声放着，再美味的佳肴也被一个"乱"字给弄得食之无味。但如果是几个好哥们儿喝酒，这样的嘈杂环境再好不过，一桌子彪悍爷们儿高谈阔论，互相吹牛，吞云吐雾，热辣辣的小龙虾一大盆端上来，大家比着喝烈酒，大有"一生大笑能几回，斗酒相逢需醉倒"的豪迈。没人会笑话一个真诚的人，喝多了一枕小窗闷头沉睡，不打扰自己和别人就是。但他们是否能喝出"江湖夜雨十年灯"的心境，就不得而知了。如果是约会，千万别去嘈杂的饭馆，什么情话都听不清，听不清自然也就没了喝酒的雅兴，只能埋头吃饭，但吃饱和吃好、喝好的心情截然不同，两人写意地对望这样久，乱哄哄的环境下，草率地吃一顿无美酒的饭菜，也就不知彼此以后错过了多少花前月下。毕竟，美酒只有喝到心里，你爱慕的人才会走进你的眼里。

酒还是要喝的，就像生命中不能没有爱情。和相爱的人情到浓时，不妨小酌一杯，喝到面红语喃喃，才不会负了这相思意。一辈子总要给自己一个大醉一场的机会，否则，来这一世怎会知道何为畅快淋漓？

但酒要真浓，人要真心，酒里掺了假，那可不是咱的人生。

生死一念间，所以要快乐

从小疼我的姥爷在那个冬天去了另一个世界，这是件悲伤的事情，可又有什么办法？生老病死乃人之常情。话是这样说，但这种睫毛再也撑不住眼泪的悲伤让人忍不住想，人生能重来多好？然而，那是不可能的，只有努力把悲痛化为祝愿。

姥爷的坟前，亲人们悲伤地说起老人家一辈子的不易。姥爷爱吃肉，却从不为自己买上半斤八两。有时，儿女们来看他，才会炖上一锅肉。吃饭了，姥爷自己舍不得吃，夹一块肉又放下，看儿女们都吃了，他才肯下筷子夹一块放进嘴里。

　　我小时候肠胃弱，姥爷掰开刚出锅的烙饼，给我吃瓤、他吃皮，还笑哈哈地说我是公主待遇。长大后才知那是姥爷疼爱我的方式。

　　突然有一天，八十多岁的姥爷生活不能自理了，轮到儿女们照顾他了。我也用自己的方式去疼爱他，总会多抽一些时间去看望姥爷姥姥。每次去，我会蒸好几锅包子、馒头，或者烙肉饼，顿锅鱼肉带过去，能让姥姥好几天不用做饭。有一次，我递给姥爷一张软热的肉饼，看他吃得那样香，我的眼泪瞬间就决堤了。开车回来的路上，我满脑子想着能为他多做一些也是好的，免得有朝一日心生悔意。

中国人习惯报喜不报忧，但说到有关死亡的话题就会被人说不吉利，大家都选择逃避，很少有仔细思量的，也没有人告诉你该以怎样豁达的心情去面对和接受生死。记得小时候在村里听到谁家办丧事有人不跟着哭天喊地，就会被众人指为不孝。所以，有些人会扯着嗓子大声假哭，避免被鄙视。对此，我真的感到很可笑，悲伤和尊重真的只有通过这种人为制造的假象才能展现出来？那些逝者真的希望在喧嚣的吵闹中含笑九泉吗？

送别姥爷时，我在众目睽睽下怀着沉重的心情磕头时，却哭不出来，更别提做出号啕之态。妈妈似乎是在提醒我道："姥爷生前最疼你。"对此，我深信不疑。我也疼姥爷，只是我流泪的时候为什么要让别人看到？老人家健在时，完全可以多陪陪他们，让他们不要感到孤独。人老了，身边有陪伴，痛苦会减少很多，心里也是安慰的。

时常在想，我若是到了终老的那一天，可不想把告别仪式办得这样悲伤。我们要乐观地面对生死，最好提前把亲友聚到一起，喝喝茶、聊聊天，交代一下该交代的事情，总结一下这难免留有遗憾却也问心无愧的一生，并告诉大家："等我终老那天，不要悲伤。"我还要和大家喝上一杯，一个个拥抱告别，感谢这场遇见。要豁达一些，把死亡这件事看成人生中的一部分。到时候，谁想哭就哭，哭不出来也别强求，千万别做出号啕大哭的丑样子，那样会被我鄙视的。我喜欢花，爱读书，爱唱京剧，爱听好听的音乐，喜欢跳舞，多给放几首我喜欢的曲子，会跳的就来一支动人的舞蹈，一人捧上一束漂亮的鲜花，把自己打扮得漂漂亮亮的送我一程——这样的告别多有趣！

想想一个人在世上辛苦了一辈子、学习了一辈子，到老了还要认知生离死别的真谛，也是既充实又有趣的。

腌菜坛子

直到现在，我还留着许多小时候腌菜的坛子，大小、高矮、胖瘦不一，各自散发着古朴的气息。

看着这些坛子，回想着妈妈曾用它们腌制了一坛又一坛的咸菜、黄瓜、豆角、鬼子姜……如今，家人早已经不用它们腌菜，我就把它们放在小院里和阳光房的花房间，或插上一束花，或种上一棵草，让这些陈旧的器皿再度生动起来。

前几年，禅姐跟我要腌菜坛子，我去村里找了不少，她悄悄告诉我，"筱慈，多收些腌菜坛子，以后会增值的”。我认真答应着，但又忍不住笑她的可爱。我倒没想过增值问题，就是对这些古朴的器物心怀感恩，有着一份说不出的心神寄远之情，还有着一种莫名的眷恋。如果真有增值，那也是在喜欢它们的人心里增加一份热爱和与众不同的分量吧！

　　每年霜降前，妈妈要腌上一大坛子"老婆子耳朵"（一种扁豆角）。霜降后，天气骤寒，"老婆子耳朵"不能生长，妈妈从后院菜架上摘下一大盆，铺上盐，盖上锅盖空上一晚的水分，再放入坛中，并加入姜、蒜、辣椒、酱油、醋、白糖腌制起来。半月后就腌好了，脆生生、鲜嫩嫩的"老婆子耳朵"能一直吃到来年春天。我却不爱吃，主要是不喜欢它的名字。不知为什么，如此有力的藤蔓半月内就能迅速爬满墙头枝干，开出风姿绰约的蓝紫色扁豆花，怎会被叫作"老婆子耳朵"呢？如果当时知道它还叫"梅豆"该多好！

　　可我对装满"老婆子耳朵"的深褐色坛子却充满兴趣。它表面满是动人的纹理，而且光泽度高，古朴又精致。我一直为妈妈把腌菜坛子放在不显眼的阴凉处而为它感到惋惜。那个被光阴浸泡过的腌菜坛子，在那片甘甜澄澈却摸不到灿漫的情景岁月中，和我的儿时一起搁置在了心底的最深处。

　　多年后，我和这些腌菜坛子一起走过一年又一年。不管是在天高云淡抑或阴云密布中穿行，它们依然风姿不改，像重生了一般，植入了更深邃的灵魂。它们长情地陪伴着我，在岁月风云中安之若素，坦然接受命运的各种际遇。

　　和它们在一起的时候，什么也不想，只想全心全意地向岁月和命运悄悄致敬。

伍

灵魂性感的老先生

　　小时候，看到大舅在录音机旁入迷地听一首歌，听完一遍又接着往前倒带继续听。有时倒过了头，传来别的旋律，他宁愿再往后倒，也不愿听别的歌。多年后，我用音箱听音乐，偶然听到谷村新司的一首《花》，想到多年前大舅在录音机旁不断倒带聆听也是他的歌，名叫《星》。我立刻把它翻出来听，熟悉的前奏、磁性的嗓音，谷村的歌曲确实有把人领入仙境的魔力。艺术是真的不分国界的。

脸上映着银色的星光。

我就要启程，

啊……

璀璨的群星，

纵然无名也要闪晶莹。

少年不知曲中意。如今听到从小相识的曲子，却要落泪。如此温柔却有力的声音瞬间抚慰了孤寂的灵魂，让我一下子想到武汉的樱花，落英缤纷是天使的眼泪，欣慰的眼泪。

我已经忘记了谷村新司的样子，翻出他的演出视频，是一位笑得像樱花般灿烂的老人，那些被岁月馈赠的皱纹闪烁着智慧的光芒。原来，青春是跨越年龄的，在岁月的包浆中，他像一个青葱少年，纯真而带着轻愁。

真是一位灵魂性感的老先生啊！

中药引子

　　入秋后，天气一冷一热跳跃得很，难免就有个头疼脑热。近两年尤是，很多人在换季时染上风寒，我就是其一。针对我的病毒性感冒，医生给开了不少药，却总不见效，嗓子发炎，疼得半夜醒来，辗转反侧后想道：医院不少跑，西药没少吃，何不去从小拿中药的那个老药铺看看呢？

　　突然有些愧意，这么多年来，几乎要把中医文化忘干净了。想当年，那位老中医可是治好了不少人的疑难杂症。亲眼看到一位老太太找他看腿，原本疼得她连车都下不来，老中医一针扎到手腕上，老人就活动自如了。对于老中医手中那根细细长长的银针，我至今感到很是神奇、妙不可言。

听爸妈讲，这位老中医还给一位军人医好了"怪"病。那位军人从小到大一直尿床，很是痛苦，因为这个毛病三十多岁还没找到对象，不入他眼的，他也不凑合。在部队时，他谈了一个心仪的姑娘，可对方得知他有这毛病后，主动与他拉开了距离。为此他苦恼不堪，经常熬到很晚才入睡，可一睡立马就画上了"地图"。他也痛恨过自己，都吃五谷杂粮，上帝怎么对他这么不公平？

为了医治此病，他跑遍全国各地的大医院均无济于事。最后听一个远房亲戚提起这位老中医，他抱着"死马当活马医"的心态去就诊。听我爸说，老中医给那人单是号脉，就号了半小时左右，随后给他煎了一服中药。那人喝下后，大汗淋漓。老中医又让他吃了"牛黄清心丸"，说这些天然草药不会破坏人体的各项机能，嘱咐他三天后再去复诊。当天晚上药就见效了，治疗一段时间后他都没再尿床。欣喜之余，他也难免遗憾，如果早点遇到这位神医该多好，就不会失去那位好姑娘了。我觉得，这就是有得必有失吧！只要还相信爱情，它总会到来的。

　　想到这里，我一下子有了希望。那个老药铺我是熟悉的，只是十多年没去了。记得小时候体弱，动不动就感冒发烧，爸妈会把我裹在小棉被里，忐忑地带我去老中医那里看病。如今我三十而立，再次迈进那间老药铺，发现他还在那里坐堂，头发白了，但气色很好，言简意赅，说起话来仍是中气十足。

　　我与老中医一桌之隔。他先给我把脉，问了问病症，又看了看我的喉咙，只说："时间不短了，嗓子都快化脓了。"然后给我开了三天的中药。是他的徒弟给我抓的药。那些草药真心好看，名字也动听。老中医一包一包用草纸把药包好，嘱咐我喝之前要先沏杯枸杞茶喝下去，再饮汤药。我依言行事，只喝了两天药，嗓子就不疼了。从此，我便对草药有了更多的偏爱，看到《汤头歌诀》更是爱不释手，渐渐还研究出一些头绪。有时看到脸颊上长了一个小斑，就知道要疏肝理气了，不能熬夜，保持饮食清淡，顺带着给自己开一方草药：甘草、三七、珍珠、天冬、红花、白及、白鲜皮……遇到身体不适用草药调理成了生活中的必然。

南怀瑾讲"中国人普遍肝脏不好"，深以为是。肝脏为五脏最大，需要畅达的心情，可我们好像已经习惯把心事压在心底，甚至烂到肚里才罢休。

好比，你喜欢一个人，却又不敢表白，白天胡思乱想，夜间失眠多梦，脸上憋满了痘，时间久了自然会气血不畅，有碍身心。投医问药或许能医好表面的病症，到底解不了你心中的苦闷。

人的心病只能心药医。所以，喜欢一个人别藏在心里，一定要大胆地告诉对方，脱口的那一刻已经是获得了拥有。别管对方说什么，她可以拒绝你，但你不能拒绝你自己。保持对自己的坦诚，心里痛快了，身心在数月中埋下的气血郁结自会在一瞬间畅神达意，有一个好的状态才能迎接好的爱情和生活。思虑过多，五脏六腑便生出意见，还如何正常运转？这便是中医常讲的气血不通，不通是有了心事，生病也就是必然的了。

所幸，现在越来越多的人开始回头关注中医。今年，新冠病毒肆虐全球，中医药霸气亮剑，展现了不俗的治愈疗效。（不能不说，这是前人给我们留下的一笔宝贵财富。我们受惠，我们感恩，我们继承！）

给自己的心灵时不时开个中药引子吧！不仅对中华文化的认知又一个提升，也给自己的身心一个重生的机会。

网兜的记忆

　　小时候哪里有塑料袋的概念！不管去商店，还是赶集，要不提个篮子，要不拿个尼龙绳网兜。

　　前几日去赶大集，看到一位骑着三轮车的老爷子穿着朴素，车里放着提篮。卖菜的大妈要给他用塑料袋装土豆，被大爷制止，他从提篮里掏出一个有些发旧的尼龙绳网兜装上土豆。生活处处都有老师，这位老大爷给我上了一堂最好的环保课。

　　如今到处都在讲环保，口号的花样不断翻新，却如何也回不到三十年前的样子。当时带个网兜去逛菜市场，可洋气了！我买过好几个网兜，颜色很齐全。现在去菜市场、超市，我都会看看当天星座里幸运色是什么，如果是绿色，我便拿上绿色的网兜去买菜。大姨总会笑话我，小小年纪居然这么迷信。我想报之一笑，这"迷信"却让生活多了一分情趣。

我爱逛菜市场，买到红红绿绿的鲜菜时，心情会跟着翻几个跟头。从我拿网兜买菜的那天起，便得到好几家熟悉菜农的赞许。有一天我去菜市场，想买点葡萄，便在网兜里放了个搪瓷盆。人们经过我身边时，都会用特别的眼神审视我一番。我倒不以为意，这不是很平常的购物装备吗？记得十多年前在九江和朋友去肉铺称肉。肉铺没有塑料袋，老板只用一片大荷叶包上肉，递到我们手中。我们便去隔壁

五金店借塑料袋，歪打正着买了一个网兜，都不由开心起来："好像回到了小时候！"现在想起来还是挺好玩的。

拿起网兜少用几个塑料袋的心情真不错。我倒也没想过以身作则，毕竟人微言轻，只是觉得若能尽一点绵力也是好的。

可别小看这网兜，买一提二三十斤的啤酒装上也没问题，结实耐用得很，随身携带易清洗。现在出门，我就带一个网兜。小时候穿的喇叭裤如今不又穿回来了吗？所谓"流行"，三十年河东三十年河西，我们认为过时的东西不知哪天又会卷土重来。你看，在低碳生活的感召下，共享单车又把自行车带火了，浇花、洗头也开始用淘米水了，网兜彻底代替塑料袋也是可以预见的未来了

我那五颜六色的网兜终于有了用武之地，虽然没有华美的诗词歌赋，但那些实实在在滚烫的日子，用它兜住了人多幸福。

一幅小画

　　齐璋爷爷年轻时在北京做木工，恰巧和齐白石做了邻居。两家都在劈柴胡同住（如今的辟才胡同），一来二去就熟识了。

　　同姓的两人很投缘，加上齐璋爷爷是木匠出身，帮齐白石家做了不少事情，邻里之情彼此信任中慢慢加深。齐白石的金条不仅托李可染保管过，也曾托齐璋保管过半天，足见两人的关系之密。

　　做人中规中矩的齐璋爷爷对齐白石家的大事小情虽了

然于胸，却向来守口如瓶，直到晚年，有次和爷爷喝酒，
齐璋爷爷才扯开话匣子："齐白石这老头儿可不抠门，对
那些索要画作的人表现出来的小气是对人性的讽刺，是那
种有个性的小气。他特别感激给他带来灵感的人，对他自
己喜欢的人从来都是舍得花钱的。"后来听爷爷讲，齐璋
爷爷还为齐白石喜欢的女人递过情书。这则花边新闻倒让
这位画坛大师显得更接地气了，再看他的画作也觉得更为
生动了。

古人讲"谈笑有鸿儒，往来无白丁"，这也是齐白石行事风格，他只是不想把精力分散在没有意义的事情上。一个画家心中的意境，需要不断地阅历来营造，在艺术创作中深省出生命个体的绽放，才能在作品中表达出独一无二的深意。

1955 年，为感谢齐璋爷爷为自己的家事忙前忙后，齐白石送了一幅画与他，是一只老母鸡带着一群小鸡觅食的小画。齐璋爷爷把画拿回家给爷爷看，爷爷连叹画得"筋道"，后又临摹了好几幅，不能画出原作的神韵。

后来，劈柴胡同改建，齐璋爷爷也随之搬家了。不知怎的，那幅画也随着时代变迁，再也没有找到。

懂事儿

打小，长辈就教导我们要懂事儿。我的家教严格，从餐桌仪态到待人接物无不要按规矩来。

姥姥、妈妈教我的懂事儿是家里来客时，要主动向对方问安，花生、瓜子拿出来，沏茶倒水要勤快。得到客人的一番夸奖，家人也很开心。大人唠起家长里短，小孩子坐在一边旁听是不能插话的，要不就躲进屋中看书学习。这便是大人眼里的"懂事儿"。爷爷、爸爸教我的懂事是：人家敬咱一尺，咱得敬人家一丈；心中有十仅露三，低头谦虚行事——这就是做人。这样的"懂事儿"我始终遵从于心。

长大后，看到懂事儿的人是做事有里有面、讲规矩懂礼数、办事心细周全，让朋友舒心。这样有礼有节的人无论走到哪里，都会受人尊重和喜爱。失了礼节，就不好玩了。

懂事儿，像一面镜子，照出人情世故中的大学问，也照出一个人的性格和修养。这让我想到前些日子，去了一家名叫"懂事儿"的馆子，店设风格完全还原老北京四九城的味道。进了门，朋友老姐便给了我们一个特别的惊喜，只见店里的姑娘们忙着把干果鲜果端上来，其中一位伙计大声念道："李老师驾到！刘老师驾到！筱慈驾到！"

逗得我们哈哈笑起来。店里年长的大姐热情地端给我们每位来客一杯茉莉花茶。落座后，还有一杯浓浓的宫廷茶奉上。茶是营养美味的果仁磨制成粉冲出来的饮品，口感香甜，很好喝。然后开始上菜，朋友把店里的拿手菜点了个遍。大家都说点得太多了，朋友连忙道："都尝尝，都尝尝！吃不了咱也不浪费，打包！"朋友老姐说："去一家餐馆先要了解掌勺的是谁。"我们好奇地看着朋友，只见她喝了一口茉莉花茶不紧不慢道："御膳传人王希富大师的徒弟甄建军！"一位老师说："王希富老师牛气，花家怡园的菜品就是他的功劳。"我忙问："那这家的老板跟'那家小馆'可是亲戚了？"朋友笑道："真挡不住你们的慧眼啊！难道搞学术的要进军餐饮业吗？"一屋子人哄笑起来。

原来，好玩的人皆是用了心一口一个"地道"吃出来的啊！

我记忆力不好，但对感兴趣的事儿总会记得门儿清。我还记得那天的一些好吃的菜名：焖酥鱼、鸭膥、素火腿、糟汁肉、顿排骨、果子干儿、玫瑰饼、酱油萝卜、豆儿酱、豌豆糕、醋熘海参、花鲢鱼、白切鸡、菊花酸菜驴肉、烤鸭、燕窝松茸汤……都是传统食材，精致又不失质朴。其中，燕窝松茸汤是我的最爱。还有玫瑰饼，比云南的更胜一筹，听说是用妙峰山玫瑰园里的玫瑰花做出的玫瑰酱，也是稀罕得很。这样的饭菜配上我们这一群人烘托出的浓浓的人情味，加上楼上相声引来的一片片的叫好声，感觉真是将"宾至如归"这四字演绎得淋漓尽致。人们张口闭口说的食文化，大体就是这样的吧！

"懂事儿"里，透着的是对情分的讲究。

酒足饭饱后，刘老师说："一杯一茶一菜，吃个心里透亮；一店一酒一旗，飘扬出一醉方休。"

懂事儿，真好！

一封信件

　　前几日，老师送我一本邮票集子。这让我想到读中学时，我和同学们还在用信件沟通的那些岁月。当时同学们给我寄来的信件和信件上的邮票，我都还保留着，深爱那些曾经的光阴和那些漂亮的邮票。

　　睹物生情。我翻开某位男同学偷偷写给我的情书，看到那些幼稚的字体，不觉失笑。纵然岁月流逝，我依然能感到那种挣扎在字里行间的青涩的成熟，然后便生出莫名其妙的感动。如果岁月可回头，我一定会给那个男生回信。但回过头想，遗憾没有的青春是不完整的，就让这份小小的遗憾点缀我失去的青葱岁月吧！

还有一封匿名信，夹在老舍的一本书里，以至于后来我读了不少老舍的文章。信里有一句："这几天，感觉你不开心。不要太孤僻了，看看书吧！记得还有一个人默默地喜欢你。"那封信和那本书至今我还留着，只是到现在都不知道是谁写的。这样也挺好，对方或许早已忘记曾给我写过这封信，但我相信，他永远不会忘记心底深处对青春的那份留恋。

后来，人人有了手机，从 QQ 到微信，人与人的联系更便捷、更迅速了，可总感觉没有当年一笔一画写出来流淌于字里行间的那份真挚。直到现在，我还是喜欢提笔抒写心事，把感情放逐文字的海洋，这是最原始的抒发，也是面对内心最真挚的表达。

这让我想到 Y 和 H 两位朋友。他们信得过我，中学时，他们之间的信件都是由我来传递的，虽然那时尚未懂得何为真爱，可和现在所谓的爱情比起来，我依然觉得当年的懵懂感情更为真切，因为它不掺杂任何的东西。不知不觉，Y 和 H 居然传了一箱子的信件。H 告诉我，她的真爱就停留在中学，当时天真地以为那就是永远了。后来，Y 离开了家乡，打拼出一番事业，H 也练就成一身傲骨的女强人。

　　有一天，H 抱着一箱子信找到我。她打开箱子，认真地看每一封长信，一行行你追我赶的文字悄悄搅动起她的心潮。她流着眼泪同我讲信里叙述的种种曲折，就好像心底那部被封印的巨著突然被风一页页吹起，往事如昨，引人泪目。可惜，那时根本不懂珍惜，整天就是玩，现在想来是唏嘘后悔的。

二十年后，Y 和 H 终于见面了，两人都提着一箱子信，那是少年的回忆、青涩的情诗。Y 下了飞机，一眼就认出了 H。物换星移，不变的是一如初恋时的怦然心动。这是一种无法取代的悸动，一生一次，弥足珍贵。H 的眼泪止不住地流淌，仿佛昨日还在一起下河捉鱼的两个少年，转眼间，站在彼此面前，尘满面，鬓如霜，无处话凄凉。

　　我相信，那就是最真的爱了，否则，百转千回地两箱子信件又怎会重合到一处？哦，都 21 世纪了。最后寄出的那封信还是在 20 世纪末。这些跨世纪的信件静水深流般一直在延续流淌着一种深远的平静，都在岁月中悄悄地诉说着它们的过往。

　　那些世间的沧桑主角们、莫逆之交的知己们，一个人的眼前，一个人的身后，窗里窗外，月白风清，愿你们都来日方长，都能天长地久。

赶大集的人

　　我时不时要赶赶大集，这是从小养成的习惯。这里人来人往、熙熙攘攘，特别接地气儿，有着最真的人生百态，时刻提醒我要认清自己是谁。

一

　　小时候的农村没有商厦超市，吃穿用度的必需品都要去大集上选购。五天一个集，人们大多把这个集空的蔬果备齐全，等下一个集的到来。那时，谁家日子过得富裕，赶趟大集就能看得出来。村里大妈大婶聊闲篇儿时会说："张家集集到，苹果买最红的，香蕉称最大把的，橘子都是成筐往家搬，鱼肉菜拿不了还得再跑一趟集市。"人们纷纷投来羡慕的目光，在当时，吃好喝好就是最大的幸福。

百姓生活在柴米油盐的日子里，谁家也逃不过婚丧嫁娶、添丁祝寿这样的人生大项。这些生活中的重要时刻，总需要买几米花布，添几件新衣裳，做几个新被罩，自然也都要来大集上挑选。

三十年前，父母养家的营生就是追大集摆摊卖布料。天天风吹日晒的，父母的皮肤变得黝黑，却总是笑容满面，虽辛苦但每天都有所进项，也算比上不足比下有余。父亲又会裁缝，人又和气，好多人在大集上买了布料，顺便让父亲量好了尺寸，等下个集就能拿衣服。一来二去，父母把小本生意做得风生水起，回头客多多。每个大集卖了布料的同时，还能收不少制衣的活计。

赶上庙会的大集，父母早晨六点就出摊，直到晚上九十点钟才回来，全身是土。洗漱干净后，父亲还要熬夜把着急的活计赶出来。小时候半夜醒来听到缝纫机的"哒哒"声是常事。但我从没见过父母露出疲惫的神情，他们好像有着用不完的力气。夜深人静时，母亲拿出收钱的提

包，数着一提包零钱。我记得有一次，他们忙活了一天共卖了一万一千一百六十五元。那时，一万元在农村能盖五间大瓦房。妈妈做梦也没想到一天就成了万元户。然而，农村的辉煌大集像一百年前的京剧一样，一去不复返了。如今，父母有二十多年不再追集卖布料了，倒成了悠闲赶集的一员。

　　还记得追集的两口子，做了二十多年的卖鱼营生，一年四季都见他们在大集上穿着长筒雨鞋忙前忙后，女的负责卖，男的负责杀。他们的鱼摊子总是收得最早，因为家中还有两位老人腿脚不利索，需要照顾。只要轮我赶集时，总会想着去他家鱼摊子买两条鱼。夏天，鱼便宜，一条二斤多的白鲢鱼只收五元钱。鲜活的鱼能溅得买家一身鱼腥，得远远挑选两条欢实的才好。两口子合作默契，称好分量后，没两分钟男的就把鱼打理好了。春节时的大集最热闹。去年父母回老家过春节，定要去大集上买些鱼肉。卖鱼的两口子还能认出父亲，感激当年父亲没少给他们一家老少做衣服。卖鱼的男人说着便装上两条大鲤鱼送给父亲，父亲推脱不了只好收下。后来，父亲又去撑了两斤五花肉给卖鱼的两口子送去，告诉我："别人敬咱一尺，咱得敬人家一丈！"

二

　　长大后，逛多了各地的时尚大超市，看多了眼花缭乱的时尚潮流，有一段时间我甚至认为赶集是土气的。以为不再喜欢赶集了，可随着年龄阅历的增长，我却越来越对这烟火气十足的大集怀念至深。

　　看着大集上的人群，好像看到了不同时间的自己，有的活力四射、有的垂头丧气、有的温文尔雅……我们都是这平凡大集中的一员，虽然平凡，却也与众不同。你甚至能在大集上直观地看到每家有每家的故事，每家的故事就构成了这人气鼎沸的大集。

　　某天，当我再次走在大集上时，竟感觉如此自在闲适。大集的小吃摊花样繁多，热烧饼、油炸糕、油条、焖饼、刀削面……空气中弥漫着难以描述的诱人香味。人们通常不会放过这样解馋的机会，随便吃上一碗热乎乎的吃食都是那么心满意足。卖卤水豆腐的老汉只卖最新鲜的，去得早时，还能看到豆腐摊冒着热气。卖绿豆糕和山楂糕的父子听着匣子里的新闻，总是一副不着急卖的样子。我最爱吃他家的绿豆糕，比稻香村的都好吃，每块绿豆糕上都点上了杨贵妃额头上那样的花饰，好吃好看。他们都是靠谱的常摊儿。

　　大集上遇到瘦瘦的七十老伯，穿着朴素，蹲在一角卖自家产的红豆、绿豆，一看那红豆就是当季收的，成色和那些亮得邪乎的截然不同。我会把红豆、绿豆全买来（绿豆用来冬天时生豆芽，红豆补气血，怎样吃都好吃），老伯也能早些回家。老伯高兴地告诉我，他家还有黄豆。我告诉他下个大集还来，让老伯有了盼头，身体就硬朗了。愿善良的人长寿。

　　卖耗子药的摊子我不喜欢，高音喇叭里放着"蚊子、苍蝇、老鼠药"，还反复循环播放，简直让心情大打折扣。每次路过那个摊子，卖药的男人总是双手抱膝，神秘又热情地看着来往人群。丰富的想象力告诉我，他必然知道许多有关生离死别的问题。

　　大集上还有让人心疼的人和事。靠种地养家的大妈布袋子里装着卖黄豆的三百多元钱，本是要给自己和丈夫准备置办件像样的棉袄，谁知一转身布袋子就不见了，大妈的哭声让我心里一紧一紧的不是滋味。大集也是有魅力的，在这里经常能听到一口纯正的京腔。穿着洋气的北京人嘻嘻哈哈地推着两个轱辘的购物小车来村里赶大集。他们也讨价还价，图的就是个乐趣。

有时在大集上走着走着还能淘到手艺人做的柳编用品和好看的盘子碗，每至此时，我就感觉赶大集是超值的。我特爱和大集上配钥匙的老师傅聊天。他记不住我的名字，总叫我"古董年轻人"。老师傅的钥匙里有很多门道，他脑子里的门道也多。买完了蔬果，若时间空余，我会折回去，听配钥匙的老师傅和旁边卖鸟的大爷侃大山。他俩都是很有趣的人。卖鸟的大爷把自己的一只鸟驯养得很好玩，小鸟就停在他的肩膀上不动，可有意思了。大爷说："驯鸟可比当年追我家老婆子都费精力！"逗得一群看鸟人哈哈大笑。这不禁让我想到王世襄提到的百灵"不冤不乐"趣话。

直到散集，我才肯离去。和爷爷说起大集上那些有趣的事时，奶奶总会遗憾地说："老天爷把你托生错了。"我反驳："奶奶到老也不改重男轻女的毛病。"

三

我对周边的大集了然于心。四、九林城集，一、六固安集和南赵各庄集，三、八柳泉集，二、七牛驼集和北义厚集，五、十沙垡集……云南的集市也赶过，和家乡的风格略有不同，但都充满了烟火味儿，只是家乡的大集多了一份内心的归属感，这种归属感只有生养我的这片土地可给予。

我们村的集市赶起来方便，有空骑上自行车就去了，回来时，车筐提篮里满满的都是好吃的。看上喜欢的绿植，车后座还会墩上两盆花，开心极了。经过摊煎饼的摊子，还要摊个煎饼，拿回家享用。煎饼好吃，吃一个不解馋，忍不住骑上车再去摊一个。妈妈见了就会数落："这点出息啊！"我憨笑，也不以为意。

集上摊煎饼的男人说话和气，瘦瘦高高的。每次见，他总是一身白大褂，戴一顶白布帽子，看起来干净利索。小时候，爸爸带我去过他家，给他老母亲量衣服，进屋看到他家的灶台锅盖都擦得一尘不染。农村那时家家烧柴火，能做到如此干净很是让人刮目相看。当然，干净人也最适合搞餐饮，让人放心嘛！那人推着煎饼车不管春夏秋冬皆守候在每个大集道口，摊子总是被人围得密不透风。摊了一辈子煎饼，到底把一双儿女培养成了大学生。他尊重知识，若非当年家穷，他应也是名牌大学的毕业生。但他从来没抱怨过，人生固然有残缺，但把我的煎饼摊圆了，也是功德圆满。他爱扭大秧歌，画上红脸蛋，看着就喜人，大红绸子一甩，粉色大扇子前后飞舞，能把来看高跷会的人的目光都集结到自己身上。伴着喧天的锣鼓，他也舞出了一片灿烂的生活。

集上东西虽然既实惠又有趣，但不知从什么开始，许多人就不赶大集了，而去超市享受方便快捷的购物体验。不过，大集仍是有它存在的价值，只是针对的人群不同，寻得的心境亦不同而已。

我喜欢这大集，无论何时，老百姓过的是日子，走在抬头一片天的大集上，透着日子里的开阔，就感到自己是真真切切、扎扎实实地生活着。老百姓都要伴着这热气腾腾的烟火气走下去，我们离不开它。

我的那本厚厚《辞海》就是七年前在大集上的旧书摊淘得的。卖筐头的挨着卖旧书的，我买了一个农民下地干活用来装玉米棒子的柳编筐头，顺便把那本厚重的《辞海》和其他几本外国文学一起放进去。卖我书和筐头的两个人既高兴又奇怪地望着我，我报以微笑，背上筐头就回家了。

大集何不就像一个筐，筐里装满了人间沧桑、世间文化。如果还没赶过大集，那你离真正的生活还差一截呢！

蒜

惊蛰一到，庄稼主开始种蒜。

我三四岁就记事了，这也不奇怪，舒乙先生记事更早。记得那时爸爸骑着自行车带我去地里种蒜。我在地头儿玩，爸爸则用耙子打成齐，蒜搂子搂出沟，把蒜种在齐沟里，再用耙子平好蒜瓣，打开地里的水井，给蒜瓣浇了水，就可以等待它发芽了。

两个月后，蒜苗从土地里长出来了；百天后，土地里的蒜头也长成了。收新蒜时，爸爸会给蒜地里再浇透一次水，拔起来更容易些。刨蒜时，先抽蒜毫。绿绿的蒜毫被爸妈抽一大把，用蒜苗叶绑成一捆又一捆。我看着好奇，也要抽蒜薹，却总是把蒜薹抽断，不小心辣到眼睛，便哇哇哭起来。爸妈忙着刨蒜，只告诉我一会儿就好，任由我怎么哭也不抱我。我信了他们的话，看着他们把三四十头蒜扎成一大捆，堆满小拉车，推到集市上去卖。卖了钱，爸爸称会上一斤肉，回家炒上一盘肉炒蒜薹，再幸福不过了。妈妈把留出的几捆蒜编成大麻花瓣，高高挂于糊着窗户纸的木窗棂上，能一直吃到来年开春。

长大后我才知道这么普通的蒜虽然上不了大雅之堂，却很受各路人士的欢迎。京剧大家裴艳玲就爱吃蒜，每顿饭必有蒜相伴才下饭，尤其吃饺子时，蒜才是主角。

朋友冬也爱吃蒜，她老公总是把蒜瓣包好，放在小碟子里，想吃就吃方便得很。不管何时去她家，总见餐桌的小碟子里有几瓣蒜。

一瓣蒜旁观着一家人的似水流年，也见证着肯为你包蒜的那个人。

还有一道菜也离不开蒜，就是蒜蓉蒸排骨，一个月不吃就会想念。做法也不难。选二斤小排，剁成一二厘米的小块儿，再准备三四头蒜；把排骨炒一下，放入大碗中，用学来的秘制佐料腌制半小时，再放入拍碎的蒜，下锅蒸

有味

一个小时。这道家常的蒜蓉蒸排骨百吃不厌。和南方的朋友学会后，我便爱上了这道菜。

记得小时候家中吃打卤面，爸爸先吩咐我剥蒜，把剥好的一瓣瓣白蒜瓣放到蒜罐子里用蒜锤子砸。汉白玉的蒜罐子是老祖留下来的，我虽没见过老祖的音容笑貌，但他制下的物件也砸了好几辈了，蒜香自然也传了好几代。砸好的蒜泥配上面条更入味儿，能多吃上一碗面。那时，冬天吃面条，一碟蒜泥和小半碗花椒油淋在面上，吃到嘴里不是一般的香。当然，蒜泥不仅可以就面吃，和虾、鲍鱼这样的海味一起蒸更美味，不爱吃蒜的人也会爱上这一口儿。

戊戌冬天，一个阳光温暖的午后，我突然想起从小到大那些"鸡毛蒜皮"的事来，索性拿出几年前淘来的青花盘子，把挂在明窗上的蒜一瓣瓣剥开，放入盘中，底部再放一层棉絮，一周就能长出高高的蒜苗。冬日的室内有这样一盘绿，会格外赏心悦目。下面条时，从上面剪一小把蒜苗切末用来提鲜。这和蒜泥在视觉上就有明显区别，好像给那碗冬日打卤面添了一些浮翠，一下子活色生香起来。

可这样神通广大、经济实惠的蒜也会受尽委屈——骂人就说：你装什么大瓣蒜？瞬间，便能听见可怜的蒜心碎一地。

录音机

有关录音机的那些事儿，要从舅爷那里说起。

1982 年，我还未出世。舅爷见《北京晚报》登了一条消息，说是东四人民市场售卖 200 台"美多牌"录音机，很高兴。为能买到一台录音机，晚上 11 点钟，他便穿上军大衣踏着星辰去东四人民市场排队。谁知到得那样早，前面也已有十多人在排队了。那天是旧历腊月初八，夜冷风寒，把舅爷冻得直打战，但为了录音机，他一直坚持到次日早晨 9 点市场开门营业。

营业后，售货员推出两种录音机：一种是单声道（一

个喇叭）录音机 260 元，一种是立体声（双喇叭）录音
机 432 元。舅爷没犹豫就买下了 432 元的。付款后，他抱
着录音机兴冲冲直接走到门外，打开箱子看了一眼确定是
录音机，便快速合上（那时的物件瓷实，没想着试音）。
搬到自行车后座，用绳子绑好了，骑上自行车直奔大栅
栏，买了两盘李少春、马连良的京剧磁带，这才兴奋地骑
回家。

　　舅爷和全家说到那台来之不易的录音机时，正是在他
的七十大寿那天。

　　为此，我想到小时候自家的录音机。爸妈播放着磁带
里的各种京剧唱段、民歌集锦，我也跟着听。印象很深刻
的是读小学时，我趴在录音机旁听了无数遍谢津唱的《说
唱脸谱》。一个月里，放了学回来就听这首"京歌"，还
要给为这首"京歌"配舞的同学排练。大家都很聪明，看

一段舞蹈跟着跳两次就记住了。六一儿童节那天，由我领唱的《说唱脸谱》还为班里拿了大奖，现在想来，一切恍如昨日，真怀念一起演出的那些同学们。

读中学时又流行"随身听"。我买了一个超薄的索尼"随身听"，音效特别好。记得那时暗恋一个男生，不敢说出口，藏在心里又很委屈，于是买了很多磁带，听歌里的心情。老狼、朴树、彭坦、花儿、田震、杜德伟、五月天、水木年华、周杰伦、孙燕姿……都是那时最喜欢的歌手。下了课，我索性把"随身听"放在衣兜里，戴着耳机去食堂打饭，也不和人聊天，但内心无比丰盈，耳朵里回荡的音乐世界有多精彩谁也不知道！最有趣的是，我收到过许多封情书，有的男同学干脆直接把流行歌词搬上来，信纸还是那种香香的，让人看了忍俊不禁。时代变了，如果现在能收到情书，我必定像珍存那些老磁带一样好好收存。

二十年了，真记不得买了多少磁带。少年时的烦恼很真，快乐也真。再翻看写着"五月天"的日记，那些小情绪、小忧伤现在看来自己都被感动到嘴角上扬。

这让我想到了表哥家的那台录音机。

小时候，我总和比大一岁的表哥趴在录音机旁，听黑豹乐队的歌。录音机是"星球牌"的，中上方位置有一个长方体，四周是玻璃，中间有一个发光球，只要录音机接上电，圆球就会不停旋转。圆球的上面有好几个小灯，照得旋转球也闪闪发光。那时觉得这样的设计太酷太神奇了。当时的很多流行音乐都被我们搜刮来。过年的零花钱、卖破烂的钱，表哥全部用来买磁带了。有一次，他把家里的一辆大笨洋车卖了，去镇上的音像店换了三盘磁带，最后难免被大人狠揍了一顿。但当他听到录音机里传来振奋的摇滚乐，便忘了屁股上的疼。他对摇滚的迷恋简直成魔，勾得我也慢慢喜欢上了摇滚。他总说，喜欢摇滚的人走在大街上会自觉与众不同，潇洒得很。他曾骄傲地自认是村里最时尚的少年。

表哥十二岁就拿起吉他，十八岁就去琉璃厂的乐器行工作了。他精通好几种乐器，古筝拿来就能弹，两天的时间就能把《高山流水》弹得出神入化。这种无师自通的本事不是天赋，那又是什么？那时，表哥有自己的乐队，还带我去看过崔健、谢天笑、窦唯、彭坦、痛仰等歌手的现场表演。那真是一个摇滚界英雄辈出的时代啊！印象最深的是我读高中时，他带我一起参加"草莓音乐节"。演出结束，他背着我满草坪疯跑，我则迎着风开心地只顾着傻笑。好多人见状便在一旁鼓起了掌，表哥的女友在一旁端着奶茶笑着看着我们疯。

那天，我们看到高晓松站在草坪上开心地接电话；看到郝云像我曾暗恋的那个大男孩的样子，穿着一身白衬衫，手揣着兜，率性跨过飘满摇滚乐的草坪。他是去看一支特别的乐队——弹着古筝的"雷鬼家"龙神道的。

现在想起这些，还能感到一阵阵的激动。那是再也回不去的青春：如日中天的摇滚乐、排遣少年轻愁的录音机，还有风华正茂的一代人。他们保护着我的天真，却保护不了被时间磨损的磁带和旧琴弦。

当然，表哥也不是没有动摇过。当看到村里人都发了财，生活艰辛的他也想过放弃，迷茫时问起我该何去何从。我如实告诉他："如果你放弃了自己真爱的东西，去做不喜欢的事情，那你以后就别搭理我了，我看不起这样的人！"就这样，表哥不忘初心，一路跌跌撞撞走出了一片属于自己的小天地。他现在已成为一名优秀的音乐老师，真为他高兴。是啊，路有泥洼，有大坑，有平坦，也有颠簸，有一路美景就会有疾风骤雨，就看你横下心来怎么走。

如今，表哥还留着小时候的那台录音机。他说，是它引领他走上了音乐之路。听到这句话时，我嘲笑他矫情，自己却做了件更矫情的事——把表哥那台录音机抢来占为己有了。

　　时间过得真快，还没反应过来，忽的一下像阵风似的小半生就过去了。所幸，我们也懂得了何为深情、何为挚爱。这台承载了满满回忆的录音机，让我们再度听到了青春的回响。

家乡话

我生于华北平原北部的一个小城。我的家乡话乍听起来像一块手工粗布，充满了直截了当的痛快和力道。

初次接触，这种直白生硬的语气很可能让旁人听起来不舒服，但时间久了，大家会发现我们这种一是一、二是二、耿直通透的性子就像魏碑一样，朴厚可亲，但绝不刻板，还有一种韧劲在其中，耐人寻味。它像一个分割线，把你我出生之地牢牢地画为一个地界儿，无论我们走到哪里，只消听一听音儿，便知道你是哪方水土养育起来的人，这比身份证还准确。

随着教育的普及，普通话得以大规模推广。在此过程中，过滤了很多宝贵且淳朴的东西，乡音便是其一。如今，在外求学的年轻人越来越多，久不用家乡话，再说起来便失去了原有的味道，这是一个不小的损失。而且，有些人会刻意淡化甚至根除自己的乡音，是觉得自卑，还是出于某些功利的考量？殊不知，家乡话是狠狠扎在我们心中与生俱来的烙印，它从小渗入我们的生活，不论走到何处，不管何时听到，总会让我们的胸怀得以疏阔，让夹裹着乡愁的惆怅得以消散。

它是乡愁的归宿，更是我们精神的寄托。他乡遇故知，不就是凭一字一句无比亲切的乡音相认的吗？只这么一句，让心牵魂绕的思乡情、让漂泊的心有了依靠和劲力。

这一声乡音，在无数个回眸中，集结了我对家乡的所有偏爱。爱家乡的一草一木、一屋一景，更爱骑着自行车绕着镇上的环城路，迎着微风和满目的夕阳，穿行在每棵法桐、杨树下。我会不自禁想到曾帮同学传过的纸条、搭大棚唱戏时的情景、过年放鞭炮吃饺子的欢愉、家乡人固守老礼儿的倔强、大喇叭广播的声音、温泉水熨帖的舒爽……还有清晨，你会看到扫街道的大妈停下手中的扫把，见面先问一声："吃了吗？"这一声亲切自然的招呼带来了整条街道的一片疏阔。

方言是一方土地的心曲，伴着我们的母语长大，就像我们家乡的河北梆子，是一种久远的文化。无论我们被生活如何打磨，对人生的期待、对爱的渴望，都会让我们不经意地思乡，这思乡病唯有乡音可医。

陈丹青说，有次和朋友说着乡音走在纽约的夜路上，发现有人在后面偷偷跟随他，居然是一位同胞，只为多听一会儿熟悉的家乡话。离家久了，思乡心切，那是让人肝肠寸断无数次梦回的声音，也是木心"去国十年，老尽少年心"，命运请他回乡的那一刻，他喃喃自语出的一句："风啊！水啊！一顶桥。"那神情一如少年般情深低眉。

有多少人爱家乡话爱得深切，走得越远就越会想念自己从小生长的那个地方。不管离家多少年，当有天说着乡音荣归故里的那一刻，它总会打动你最脆弱的那根神经，让你瞬间"沦陷"，说不出缘由地泪沾衣襟。你才感到真正回到了母亲的怀抱。

家乡的曾经未必比现在美，可它们是我们记忆中的一部分。兜兜转转、寻寻觅觅中，那片家乡月光，那一片泥土的清冽气息，那片乡音给予的信念，那片杨树下听爷爷奶奶讲的许多过去的故事，给了我们心里无限蔓延的坚韧

和力量。

　　记得小时候，我坐在房顶，一边吃着晒在房顶的花生，一边望向飘过头顶的云，任由风拂过脸颊。那云那风与村里大喇叭里的乡音，杂糅到一处，形成了一股亲切的穿透力。村里不管发生何种大事小情，大喇叭都会发出通知，比如："老乡亲们注意了啊，赵四家的小鸡子丢了，刚下蛋没两天，一家子人正抓挠呢。鸡脖子是黄色（shǎi）儿的，身上是花灰色（shǎi）儿，前晌午还看见小鸡子在门口沙堆上刨食呢，晌午孩子上学（xiáo）回来还有呢，后晌午就不见了，谁瞅着了给主家捎个话啊！"当时真心不懂，一只鸡而已，还要去大喇叭宣布一番？长大后才知道，这可是老百姓的紧要事，当时一只能下蛋的鸡就是家里的宝，若真的被谁家宰了炖肉吃，难道不会有愧意吗？如今，每次回到家乡，总会竖着耳朵，想听听村里大喇叭又在喊什么。

时隔多年，乡音永远在那儿，它像一股热流温暖心田，滋润着人们对家乡那片土地的深情。乡音不改，我们扎下的根就不会变。

　　我经常钻进北京胡同，去听一口地道的京片子，会让人想到老舍茶馆，想到梅兰芳故居，想到齐白石在北京住了半辈子，依然乡音不改，怀念自己的湘潭。我自然明白，乡愁是一种比想念一个人更痛的思念。所以，要扎根在家乡的这片土壤，说着这片土地千百年来为我们调养滋润出来的音调，一辈子都会心安。

　　情是养育自己这片土地的深，一种心生亲切的源头，是在自己的时间轴上，永远有一个音调在步履不停。我始终以自己的方式和家乡相处，用文字记录家乡的每一个乡音，初心它告诉我，从哪里来，要到哪里去。那一片乡音，始终给我前进的动力，让我走得更稳当。

陆

- 《新闻联播》
- 纳鞋底子
- 把一地鸡毛的日子过好
- 玩出来的生活

《新闻联播》

小时候，爸爸每天晚七点前会沏上一大搪瓷缸子茶水，打开我家的黑白电视机，静等那首最熟悉的曲子——作曲家孟卫东给《新闻联播》写的饱含久远味道的开始曲。爸爸每天像参加重要会议似的，准时观看《新闻联播》，关注国家大事，《新闻联播》的几位主持人姓名、籍贯，他都了如指掌。

听爸爸说，我还在妈妈怀里时，只要听到《新闻联播》的曲子，即便睡着也会爬起来瞪着大眼听声，有时吃着妈妈奶，也会松开乳头，眼睛望向电视机。爸爸对不到一周岁的小孩有这样的举动，很是高兴。两三岁时，我就能端正地坐在爸爸身边，认真地看《新闻联播》了。现在想想，那么小的小孩子哪里听得懂国家大事，不过是有模有样地模仿大人的样子罢了。到了四五岁，我家的黑白电视机总时不时地出"雪花"，爸爸会吩咐我去房檐底下转转天线杆子。我也记不得为让爸爸能看清《新闻联播》，跑到屋檐下帮他转走过多少"雪花"。

读小学后，家里有了大彩电，才算和爸爸看上了高画质的《新闻联播》。他时不时会将新闻里的事件给我做一番讲解，再发表些个人言论。我从《新闻联播》里看到香港回归、申奥成功、抗洪救灾……听到祖国强大的声音，对未来充满了美好的期盼，当看到整齐划一的阅兵表演，也生出当一名女兵的念头。

我一直觉得《新闻联播》的主持人都很神秘，看着李瑞英、邢质斌、罗京、张宏民等人不苟言笑的主持风格，难免好奇：他们难道不会笑吗？甚至半小时后，当他们说出那句告别词"今天的《新闻联播》播送完了，感谢收看，再见"时，也不见表情有丝毫变化，感觉他们距离

我们好遥远啊！我就问爸爸："《新闻联播》里的主持人怎么不会乐呢？"爸爸听完倒是笑了，说："这就是人家最专业的地方。"我好像没太明白，但又觉得他说得有些道理。

《新闻联播》之后就是天气预报，收视率也非常高，毕竟当时媒体渠道有限，大家想了解天气变化，全靠新闻之后的天气预报。这个栏目的主持人就比《新闻联播》的主持人要和蔼多了。在妈妈心里天气预报比《新闻联播》重要，掌握了天气变化，她就可以为明天的日子做安排。有时看到有大风降温，她会提前把围巾、帽子、棉袜等御寒衣物拿出来，为孩子们明早上学做准备。

多年来，《新闻联播》和天气预报就是我们日常的一部分，不可或缺。后来，我们慢慢长大了，体悟出人生亦充满了气象变化，而且根本没法预报，遇到逃不过的风霜雨雪，也只能自己咬牙熬过，修炼那种"梅花香自苦寒来"的坚韧意志。

《新闻联播》陪伴了我三十余年，现在仍是我生活的标配。它依然坚持自己的风格，不为娱乐时代的喧嚣所影响，兀自成长。当然，变化还是有的，就是那些严肃的主持人渐渐变得不再神秘。随着媒体的发达，他们的幕后人生也渐渐为人所知。作为"新闻一哥"的罗京，历时二十五年主播了三千多次新闻，无一次出错记录。正由于这样的高强度工作，罗京病倒了，可有谁相信，就在病情恶化时，他仍坚持一线主持新闻。足见他是有多么热爱自己的事业。

现在想想，人的一生就像一场《新闻联播》，经历很多，遇见很多，从中不断学习、收获、感恩。如今，我更爱看《新闻联播》了，主持人带给观众的不仅是时政要闻，也多了一分亲切，少了一分严肃。我见证着《新闻联播》的成长，也看到了一代代主持人的变化，虽然风格大体未变，却比我小时候显得更接地气了，而且一位比一位可爱。你觉得呢？

纳鞋底子

　　入冬后，天气骤降，地里没活儿了，姥姥姥爷也轻松很多。姥爷在外屋挂好棉门帘子，准备过一个暖和的冬天。老两口不爱打麻将，倒喜欢研究着做一些实用的小物件。姥爷会用高粱秆做几个热饭的箅子，或用玉米皮编个果筐，装上炒熟的花生、煮熟的白薯，别有一番情趣。姥姥则在炕头准备给一家人做御寒的棉鞋和春天穿的布鞋。

　　做之前，姥姥在平木板上打夹纸，把舍不得扔掉的旧衣物攒到一起，将它们或撕成块，或剪成一片一片的，洗净后，烫熨好待用。然后，煮一锅糨糊，在圆桌上铺一层报纸，报纸上均匀涂抹上熨好的布，再均匀洒上些细棒子面，为的是好扎底针。她把这些布片贴满圆桌，大概需要铺四五层的样子，等晾干后，就成了硬布板。记得姥姥那时一次做好几个圆桌那样大的硬布板。这让我联想到手工裱画的工序。夹纸做好后，姥姥会剪好鞋样子和鞋底，放在夹纸上，比着画好鞋样，再剪鞋形。她把白布剪成长斜条，再把每一个鞋底包上边，一只鞋要用四五层鞋底。之后，姥姥便从笸箩里找出锥子、大针、白线，戴上顶针，开始纳鞋底子。

　　姥姥五个孩子，都是穿着她亲手做的布鞋长大的。那时的日子虽贫苦，但只要有一双巧手，就可以丰衣足食。姥姥的手艺好，做鞋底时，用力拽线后的力量均匀一致，每一针走得都颇有韵律，针距整齐，交错呼应，令鞋底更加结实硬挺。鞋底做好后，姥姥会选用一些好看的布做鞋面。听她说，七几年的时候谁家要是用条绒布做鞋面，那可是阔气喽！鞋面一样要用布条包好边，再和鞋底缝到一起。姥姥做的布鞋不仅合脚，鞋型也很耐看，足见她的手艺不俗。

　　小时候，姥姥给我做过一双粉红色的布鞋，鞋面是红条绒布，鞋头用彩线绣着桃花，花枝嫩绿、花朵粉艳，穿

到脚上别提多柔软舒适了。我还记得当时穿上这双绣花鞋在门口和小伙伴们扔沙包，有个小伙伴看到自己的布鞋露出脚指头了，还哭着去找她妈要和我一样的鞋。

整个冬天，姥姥就没有闲着的时候，一人一双松紧口的布鞋，谁也不落下。如今，我还留着一双她给妈妈做的蓝色拉带布鞋。妈妈一直留着没穿，说那时舍不得穿，结果一直留着，后来就不再穿手工做的布鞋了。是啊！不知从什么时候起，就很少有人再穿手工做的布鞋了。现在穿布鞋的人，大多穿的是老北京"内连升"的千层底，一双几百几千的，和小时候的布鞋完全不是一个感觉。

姥姥曾给一大家子人做了一双又一双布鞋，双手也在一天天操劳中变得粗糙，却制造了无数的温暖。她一辈子都在用心地过活，始终没有敷衍自己的心——做自己的鞋，走自己的路。

把一地鸡毛的日子过好

旧时的冬天，姥爷一早起来，推开外屋门，开始伺候一院子的家禽牲畜，挑泔水桶、拌麸子喂猪，拿干草喂马、喂驴，忙个不停。姥姥收拾屋子，用大鸡毛掸子把柜子上的两个牡丹高瓷瓶掸得一尘不染。两只花猫跟我一起跑出外屋门时，总能见家里的柴狗在门旁守了一夜岗，看我出来，它便回了窝。

我扎着两麻刷子，小脸蛋冻得红红的，穿着小花棉袄，看着姥爷把这些大家伙们都伺候好后，姥姥把剁碎的白菜帮子和麸子拌在一个大盆里，喂后院的鸡、鸭、鹅。

当时真有生活在动物园的感觉。我会钻进鸡窝拾鸡蛋，每天能拾五六个；鹅蛋呢，两天拾一两个；鸭子的情绪总是没准，有时一天下三四个，有时三天下一个。姥姥见鸭子受排挤，就重新把五只鸭子安顿在旁边的圈舍。

拾了鸡蛋，我照例将它们放在姥姥外屋窗台上的那个底部填满麦秸的小筐里。每天中午，姥姥在灶火膛添上一把麦秸点着，用香油给我摊一个鸡蛋吃，那味道就别提有多香了。那时的鸡蛋可是宝贝，可以拿到小卖部换油、换糖。家里来客人，如果摊一碗鸡蛋、弄个花生米，就算是高待遇了。吃完摊鸡蛋，我还不忘拿馒头擦着铁勺子里的香油吃，太香了！姥姥偶尔还会在大锅里给我煎一个鹅蛋，焦黄清透的鹅蛋清也是人间至味，直到现在我对煎鹅蛋都欲罢不能。

姥姥还会特意拿鸡蛋去小卖部给我换水果糖吃。那时只有话梅糖和酸三色糖，话梅糖偏酸，小孩子的味蕾更喜欢甜一些的，所以那种用透明糖纸包裹着的绿、红、黄三色的糖果最合我意，含在嘴里浓郁的水果香迅速散漫进舌尖，回味无穷，自成了我最爱的零食。那时，我的衣兜里总揣着几块糖，一颗颗小糖果给予我五彩缤纷的满足感，装满了我整个童年甜甜的梦。

姥姥剁好白菜帮子，端着一盆鸡食，把圈里的鸡、鸭、鹅们都放出来。我最喜欢看它们吃饱后在后院的树下撒欢。一次，我和姥姥拿着瓢给它们喂食，不知从哪里钻出别家的大鹅，瞬间向我偷袭，还朝我脸上使劲地啄，两只翅膀冲我猛扑打，吓得我哇哇大哭。姥姥只顾着喂食，也没注意到那只偷袭的大鹅，回过神来后才急忙把它赶跑。动物真的很神奇！我家的四只大鹅看我被欺负了，哪里咽得下这口气，纷纷向偷袭我的那只大鹅扑过去，吓得它迅速跑进自家的栅栏里。后来听姥姥说，那只鹅比我还要大六岁，我们家的鹅啄过那家的小孙子。我禁不住"咯咯"笑起来。难道是那大鹅一直在伺机报仇吗？自那以后，我再没敢低估过动物的智商。那次被大鹅啄得不轻，至今在侧脸有一个疤。姥姥安慰我道，小孩子都要受点伤才能长大。是啊，人生这么长，怎会总是顺风顺水呢？

　　有一次，姥姥忘记把家禽圈的栅栏门挡上砖头了，晚上就被黄鼠狼突袭了。清晨，姥姥打开鸡圈，看到少了一只鸡，却多了一地鸡毛，突然明白头天晚上狗子叫了一阵，以为是外面打牌喝酒的人晚归了呢！姥姥告诉我，那偷鸡的黄鼠狼应该也活不了多长时间，因为它踩到了大鹅的粪便脚就烂了，这是村里老一辈人说的，只不过我和姥姥都没见过，也不知真假。

　　说完，姥姥用那一地鸡毛做了一个鸡毛掸子，每天用它来掸花瓷瓶。

　　我想，平凡的日子里谁家没有过一地鸡毛的时候呢？鸡毛不可怕，有本事一根根拾起来，给它们绑成鸡毛掸子，看哪有尘土，麻利给它掸过去，然后骄傲地放进漂亮的大瓷瓶里。想要抱有一颗一尘不染的心，咱得有拾起鸡毛的魄力。

玩出来的生活

　　我的小城不大，但风物美逸，更让我引以为自豪的是，这里有刘凌沧、郭慕熙艺术馆。这座艺术馆承载着我们对艺术的追求和向往，也承载着对世间众生相的慈悲观照。

一

　　十多年前，这座标榜国家 3A 级景区的艺术馆另类般地在固安这个平庸小城的中心地带拔地而起，不被注意，亦不被看好。何故？是观念使然。那时去KTV狂欢才是时髦的代名词，谁会去一个如此寂静，寂静得只能听到若有若无的古琴声，再不然只能盯着墙上几幅画作的地方？这不符合这个小县城的文娱需求。

当然，艺术馆也不是无人问津的。有孩子会在经过艺术馆时好奇地问家长："刘凌沧是谁？"答曰："不知道。一个老中医？"也有人说："人们喜欢热闹，把孤独发泄到灯红酒绿里才能解闷吧！"对此，身为一馆之长的张老师颇有些无可奈何。于是，大家会时常探讨一个问题：艺术距离人心到底有多远？

如今，新中国走过七十年风雨，人们的境界亦翻天覆地焕然一新。张老师带领全馆艺术人才二十年如一日，风雨兼程，把一座门可罗雀的艺术馆给"画"活了，而且越来越鲜活。人们看到了他们的坚持，也被这份坚持深深感动。开始有更多的人愿意走进艺术馆，感受这里的魅力，哪怕附庸风雅也是好的，起码已经懂得对艺术怀揣一份敬意。

自少年时远行，我已有十多年不曾回过这座小城。九年前，我回到故里，邢姐、禅姐、葱姐领我踏进家乡的这座艺术馆，欣赏刘凌沧先生的艺术创作。

记得小时候看爷爷临摹过一幅刘先生的仕女图，很是喜欢。如今，爷爷已过耄耋之年，而刘凌沧的三弟刘恩贾爷爷和他有着深厚的交情。两位老头儿常碰到一块儿顽童般拉着京胡唱京剧，有时会因为一个过门儿争执不休，玩得不亦乐乎。俩老头儿几天不见就想得慌。恩贾爷爷会做好可口的小咸菜、蒸了窝头，骑上自行车就往爷爷家赶。两人一起喝口小酒，能从正午聊到夕阳可见。若一个月都见不到恩贾爷爷，爷爷还会托我带上礼物去他家探望。我有次去看望恩贾爷爷，不远就看到他围着时尚的围巾、戴着八角小毡帽、衣着整洁地站在门口看我微笑。他招呼我进屋。我看到墙上的玻璃框里贴着好多老照片，其中一张给我的印象极深：时间定格在 1930 年，即民国 19 年的深冬，照片中是刘氏家族的七位男子，无论长幼皆着一身棉袍，站在糊着窗户纸、配着老青瓦片的屋檐下。恩贾爷爷说这张照片是他五岁时拍的全家福，那个比他高一点的就是刘凌沧先生。我不禁感慨，一张泛黄的照片瞬间让人回溯到几十年前，竟有一种与天地时节完全通达的曼妙之感。

恩贾爷爷招呼我坐下，给我沏了一杯热茶，就拉开了话匣子，翻找着他与大哥从前的资料，一边找一边念叨：

"青年时，我学医，就住在海淀的恩涵大哥家……"不知何故，我的眼角已有零星的泪花泛出。时光流逝，一去不返。恍然间，一个世纪都快要过去了。

多年后，在张老师的努力下，我和几位姐姐得以近距离欣赏到刘先生数幅毕生心血之作，内心自然是澎湃的。敬仰之余，却不知为何生出了些许愧疚之情。我一直觉得家乡小城落寞无奇，可在那一刻，则感到从未有过的骄傲。这才是真正的工笔重彩人物，画中浮现的不仅是一位位栩栩如生的仕女，更是一个个纯真的灵魂！

让人心仪的作品还有很多，《淝水之战》《三娘子》《西施浣纱图》《东吴二乔》《秋庭鹦鹉图》……我着迷于刘先生笔下仕女的眼神，温润秀逸、清韵盎然，清风流云间，透过他笔下仕女柔婉的线条，看到情生意动的劲峭，心中妙想和千万意念在宣纸上尽情晕开，大有超脱尘世之妙。画中仕女无不摇曳生姿，钻进人心，悠远翩翩。

还有刘先生与郭慕熙先生临摹的《捣练图》，满满的高古意韵。尤其刘先生的《文成公主》，带有极强的文化气息，每一笔都彰显出公主的大国风范，人物造型极其考究，头发用墨色层层分染起灵动蓬松的高髻，眉目疏阔却透出坚定的气势，红裙摇曳出高贵之气。笔力千钧又婉转，运笔滑润而又新奇，那妙不可言的况味必定出自刘先生那颗充满想象力的头颅和蕴含丰富的心境。再细看，跟随公主身后的两位仕女笔墨线条刚柔并进，在着力与不着力间拿捏精准，笔法及赋色如同神授。画中的每个人物饱含着和煦的春风，又寄托着家国情怀。静赏这样的仕女图，身为女子的我竟有了一种脱胎换骨之感。

给我印象深刻的还有《韩熙载夜宴图》，画中山水、树木、亭台、楼阁无不栩栩如生，绝不亚于山水画大师的作品——刘先生的功夫真是到家了！这才恍然，时间会给每幅创造出精神财富的作品打上不朽印记，艺术的高下就

在这里了。今后，还会有很多人看到这样意境深远的作品，并被画中人打动得五体投地。刘先生对艺术的感悟力真的是远超乎我们的想象啊！

二

我对刘凌沧先生的画作有了很深的感情，遂决定留在家乡。后来，我在艺术馆遇见刘先生和郭先生的女儿——郭小凌老师，让我更加体会到艺术的魅力和传承力的强大。

那天，郭老师和她先生布日固德从加拿大飞回艺术馆，带回十多幅多年前收藏的精品画作，有妙曼的仕女、山水、书法，其中最有趣的一幅是曾挂在郭老师儿时卧房的作品，出自刘先生之友宗其香之手。画中是一棵粗壮的大榕树，树下一人挑着扁担行走，还有两辆马车在行进。一幅冒着烟火气的小画，竟有着婺源千年古树散发出的怀旧之感。

我注意到郭老师欣赏那幅小画时专注而痴情的目光，好像她又变回小女孩，露出一脸的天真烂漫。她无不动容地回忆道："那时候我刚几岁，顽皮得很，晚上不睡觉，我爸就说，'睡吧！睡着了，这棵大榕树下的马车会带你玩去'。"想来，当时郭老师必定怀着既欢喜又好奇的心情，和那棵大树一起进入了梦乡吧！也许儿时的她早已无数次在梦中爬到那棵大树上，和老树烟霞一起看断肠人在天涯。再次看到这幅画时，郭老师会有南柯一梦的感觉吧！否则，在她开心的眼神里怎会有一丝泪光在闪动？我又怎会在深夜灯下读到她的《今夜梦中无觅处》时，悄悄地流下泪珠。儿时的梦一直萦绕在郭老师的脑海中，激发着她创作出无数召唤心灵的佳作。她在延续父母创作之路的同时，树立了自己专属的风格，是对生命极度渴望后生发出的一种精致的孤独感。那是我第一次读她的作品，一种从未体验过的温暖和悲悯油然而生，更透视到画中意境对人心的洞悉。她笔下那些平凡的人物代言出了她内心感知到的色彩。她骨子里流淌着父母的艺术血液，也许她未曾察觉，可当她说出"我愿意做一片青苔，匍匐在地，做个绿色的梦"时，我看到了她饱有的可贵稚气。我爱她艺术中的这份天然稚气，在被现实种种摧残的真实里，还有一缕暖阳照亮着你和我。

我相信，她内心所感知到的那些情感色彩必将激励着她在艺术之路上走得更远。

三

馆藏的刘先生、郭先生之作大部分都是馆长张老师在拍卖中获得。他乐此不疲地把下半生浓缩在这座艺术馆中，无怨无悔。

张老师带领同事们默默无闻地经营着这个小城的艺术馆，身边亦有说三道四的声音，他也不会往心里去。他总说："即便只有一个人懂，也足矣了。"他在人们的质疑中寻找着属于自己的快乐。这种执着是扎根于骨子里的。起初，他仅仅是喜欢书画，也曾拜师学画，随着钻研日深，竟像吸食了鸦片般，上起瘾来，书画如同三餐，一日不可无此君。

张老师常年奔走于各大拍卖会现场，不仅练就了一双火眼金睛，还蓄积了十足的底气。收藏刘、郭两位先生的画作，是缘分，也是传承。为了避免家乡的艺术瑰宝流失到别处，他甚至变卖房产、借高利贷，把后槽牙咬得生疼，也要收购两位先生的画作。他深知，一旦犹豫就可能错过终生。

2010年，张老师在西安秦宝斋拍下了刘先生晚年的一幅精品八帧。看到真迹时，他竟然落泪了。那份感动像是丢失多年的情怀终被他再次找到。提画时，他情不自禁地说道："刘先生，咱们回家吧！"其实，张老师一直传承着刘先生"做人要老实，做艺术不能老实"的精神。如果缺乏野心和贪婪，在艺术领域是成不了的大事。自古传世之作哪个不是出自性情中人之手？只因这份性情于"纷纷万事，直道而行"，才会为多数人所不解、所疑惑。

张老师却颇为享受这个过程，和热爱了几十年的书画风雨同行、暮暮朝朝，像践行一种使命，又像结交了真挚的老友。想想一生的欢喜有多少，也许烦恼悲哀占据着生活的大部分，可有什么关系？延续着刘先生的精神脉络，馆藏的数千张验证着人生轨迹的精品画作，令他内心所有的情绪和心事都被妥当地安放，眼神里总有不与外人道的知足笃定，不知它们冲淡了张老师多少不胜寒的孤独。

每天，张老师会在半圆草堂笔落惊风，墨洒动人。他擅长画鸡，往往一鼓作气，就绘出了志在千里的气魄，但他总是不够满意，自嘲"一瓶子不满，半瓶子晃荡"。这份对艺术的求阙之心尤为可贵。其实，磨练技巧需要持之以恒的决心，天赋自然可喜，但若非后天百般打磨，亦璞玉难成。艺术需要定力，慢慢地走，急不得一秒。

张老师的小半生，是为艺术而生、为美而生的小半生，却已然活成了一幅别有洞天的大写意。

四

　　马连良说："艺术学习，博而不深，势必流于平庸短见，但是深而不博，却会使目光偏促于一隙，必须在深钻自己本门艺术而外，要广览博收，做到无一不学，培养自己多方面的爱好与兴趣，这一点是相当重要的。"艺术馆内的几位老师皆是如此，都是好玩的人。

　　我经常和热爱艺术的朋友们聚在馆内，一起探讨喂养花鸟虫鱼的经验，在喝茶听戏间探寻那些有趣的人、事、物，感受绘画之外的闲情。大家坐下来，侃侃而谈，书的味道、画的味道、老物的味道，都随着茶香袅袅弥散了出来。你会发现，最好的艺术创作形式就是生活本身，不管吃再多苦头，有这些有趣的事物陪伴左右，自会笑着活出自己渴求的样子。

　　暑去凉来，夏色渐收。馆里的胡琴声惊动了秋韵，一段《大雪飘》扇起清风一片。这时，如果感到内心烦乱，不妨独自走进艺术馆四楼，静静穿行于刘、郭二位先生的画作中，探寻笔墨线条的细节，感受画中意味深长的境界，直看到心平气和、豁然开朗，便可以回家了。我或许并不完全懂得艺术的深意，但我知道一幅真正有价值的作品是可以治愈灵魂的。

回到家乡后，我为遇到对艺术拥有如此执着又无私奉献的老师们感到幸运和欣慰，也让我更加坚定了自己的人生方向。原来，很多知识是教不来的，而是需要我们耳濡目染地去感受、去理解、去传承。尤其对于艺术的执著，千万不可人云亦云，一定要相信自己的感受，在不断净化和过滤自身性情的同时，和好玩的事物打成一片，以丰沛自己的内心，从而提炼对美的领悟。一如张老师那句肺腑之言："刘先生，咱们回家吧！"字字珠玑中，我看到了传承的力量和一种令人泪目的信仰。

愿我们这一世

都能和自己喜欢的

人、事、物

打成一片，

愿我们永远心怀慈悲，

心念善良地穿行在这人世间。